사랑을
글쓰기로 배웠어요

사랑을 글쓰기로 배웠어요

1판 1쇄 발행 2022년 11월 22일

지 은 이 이만교
펴 낸 이 신혜경
펴 낸 곳 마음의숲

대 표 권대웅
편 집 김도경 최현지
디 자 인 유미소
마 케 팅 노근수

출판등록 2006년 8월 1일(제2006-000159호)
주 소 서울특별시 마포구 와우산로30길 36 마음의숲빌딩(창전동 6-32)
전 화 (02) 322-3164~5 팩스 (02) 322-3166
이 메 일 maumsup@naver.com
인스타그램 @maumsup
용지 (주)타라유통 인쇄·제본 (주)에이치이피

ISBN 979-11-6285-131-9 (03800)

* 값은 뒤표지에 있습니다.

사랑을 글쓰기로 배웠어요

사랑을 위한
글쓰기 대화법

이만교 지음

마음의숲

들어가며

누구나 말을 잘하고 싶어 한다. 그리고 누구나 말을 잘 못해 속상할 때가 있다. 나도 그런 사람 중에 하나다. 이 책은 나 같은 사람을 위한 대화 실용서다.

하지만 설득이나 토론의 말하기를 다루지 않는다. 그보다 한결 다급하고 중요한 문제 즉, 사랑하는 사람과의 대화법을 다룬다.

현대인의 사랑은 대화로 이루어진다. 사랑하는 만큼 힘이 되어주는 게 아니라 대화를 잘하는 만큼 사랑을 나눌 수 있다.

대화를 잘한 만큼 관계가 좋아지고, 못한 만큼 나빠진다. 대화를 못하는 사람은, 만나서 대화할 때마다 관계가 삐걱대기 때문에, 대화를 못한 만큼의 벌을 응당 받는다.

공중에 대고 노래하는 새들의 지저귐과 달리, 사람은 자신이 가장 사랑하는 사람과 가장 많은 대화를 나눈다.

대화를 못하면 필히 너무 아픈 벌, 사랑하는 사람에게 더 많은 상처를 주는 벌을 받는다. 나도 대화를 잘 못하는 1인으로, 대화를 못한 만큼 그에 상응하는 벌을 받으며 살아왔다. 그것도 벌받고 있는 줄 모르고, 오히려 상대 탓을 하면서…….

문장은 생각해야 나타나고, 더 좋은 문장은 더 생각해야 나타난다. 글쓰기를 공부하면서 '쓰기' '읽기' '말하기' '듣기'가 모두 '생각문장 만들기'라는 사실을 알게 되었다. 놀랍게도 이 생각문장의 세계에서는, 상벌이 언제나 그 즉시 이루어진다. 언제나 더 나은 생각문장이 존재하고, 따라서 더 나은 생각문장을 선택 못 하면 그만큼의 손실을 겪는다.

이건 마치 무수한 종류의 보석을 깔아놓고 하나를 고르는 것과 같다. 귀한 보석이라고 생각하여 골랐지만 그 보석보다 더 좋은 보석이 있을 수 있다. 내 나름대로 최선의 생각문장이 최선이 아니라 차선일 수 있는 것이다.

하나의 생각문장을 선택한 순간 그 생각문장을 택한 것에 따른 상벌이 즉시 이루어진다.

독서, 습작, 대화, 사유 등은 모두 생각문장을 이어가는 창작 행위다. 문장을 하나씩 이어 단락을 만들고, 단락을 하나씩 이어 이야기를 만든다.

다만 쓰기는 혼자 하지만, 대화는 둘이 한다. 읽기와 쓰기는 각자 혼자 하고, 말하기와 듣기는 둘이 모여 함께한다.

인간이란 참 희한한 동물이다. 혼자 있을 때는 여러 관점으로 자기 생각을 풀어나간다. 이렇게도 생각하고, 저렇게도 생각해 보며, 더 나은 생각을 찾는다. 소위 자신과 대화한다.

그러나 두 사람 이상이 되면 서로의 생각을 하나로 모은다. 각자의 관점을 하나의 화제로 모아 잇는다. 함께 하나의 '연합된 정신'을 만들어, 더 나은 생각을 찾는다.

대화에 참여한 사람들은 하나의 '연합 정신'을 공유한다. 그리고 대화가 끝나면, 그 과정과 결과를 각자의 것으로 갖는다. 얼마나 자유롭고 멋지고 놀라운 결합이고 증식이며 또 분열인가.

나는 베란다에 백여 개의 크고 작은 화분을 키우고 있는데, 들여다볼 때마다 식물의 모듈성에 놀란다. 자기분열을 너무 잘한다. 물꽂이, 꺾꽂이만으로 언제든 무한 복제가 가능하다.

'인간에게도 이런 모듈성이 있다면 얼마나 좋을까' 의문이 드는 사람도 있을 것이다. 나는 이렇게 답할 것이다. "인간의 대화도 그에 못지않게 놀랍습니다."

대화가 시작되는 순간부터 나와 네가 선명하게 대립하면서 동시에 결합한다. 너는 너이고 나는 나다. 하지만 대화로 너와 내가 생각을 함께 나누면서, 서로가 서로의 생각에 결정적인 영향을 미친다.

대화를 하는 순간부터, 나는 너에게 영향받은 나이고, 너는 나로 인해 생겨난 너이다. 이때의 너와 나는 하나도 아니고 둘도 아니다. 하나이자 둘이고, 전체이자 부분이다. 동시에 전체도 아니고 부분도 아니다.

무엇보다 대화 과정을 통해 각자 쉼 없이 변한다. 대화 전의 '나'와 대화할 때의 '나', 대화 후의 '나'가 서로 다르다.

유익한 대화 과정을 자세히 들여다보면, 시인이나 소설가의 글쓰기만큼이나 활발하고 흥미로운 발상-창작-교정이 일어나는 걸 볼 수 있다.

나는 그 과정을 하나하나 살펴보고 싶었고, 이 책은 그에 따른 결과물이다. 내가 놀라며 발견했던 부분에서 독자들도 함께 놀라면 좋겠다.

더 나은 대화를 위해 함께 고민하고 살펴본 글쓰기 공작소 동인들과 한서대 미디어문예창작학과 학생들에게 더없이 고마운 마음을 전하며.

2022년, 가을

외국인 노동자 이웃들로 가득한 원터마을에서

이 만 교

차 례

1부

기초

어떻게 대화를 시작할까

차 한잔할까요?

1.

적극적 듣기

'글쓰기'란 더 좋은 생각문장을 찾는 것이다. 언제나 지금 사용하는 생각문장보다 더 좋은 생각문장이 존재한다. '작가'는 한 문장 한 문장 이어 쓰고 고치고 다시 쓰면서 더 나은 생각문장을 찾는다.

반면에 '대화'란 둘이 쓰는 글쓰기다. '나'가 한 문장을 말하면, '너'가 한 문장을 이어가는 공동창작이다.

글쓰기는 한 문장씩 만들어 이어간다. ①번 문장, ②번 문장, ③번 문장, ④번 문장, ⑤번 문장……. 한 문장씩 만들어 잇기 때문에, 앞의 문장을 쓰기 전까지는 뒤의 문장을 결정할 수 없다. ①번 문장을 쓴 다음에야 ②번 문장을 고를 수 있고, ②번 문장을 결정한

다음에야 ③번 문장을 생각할 수 있다.

대화 역시 '나'가 ①번 문장을 말하면, '너'가 ②번 문장을 보태고, 너의 ②번 문장에 따라 나의 ③번 문장이 이어진다. 어쨌든 교대로 이어가니까, 내가 먼저 말하면 내 마음대로 ①③⑤⑦……을 구사할 수 있고, 네가 먼저 말하면 ②④⑥⑧……을 내 마음대로 할 수 있다.

그러나 실제로 내가 내 마음대로 할 수 있는 문장은 오직 ①번 문장밖에 없다. 나머지 대화는 방금 한 '너'의 말을 받아 이어가야 하는 일이기 때문에, 네 영향을 받지 않을 수 없다. 상대 또한 내 영향을 받지 않을 수 없다.

다시 말해 ①번 문장을 제외한 나머지 모든 문장은, '나의 것'이 아니라 '너의 앞말에 영향받은 나의 것'일 뿐이어서, '나'가 무슨 말을 할지는 나도 모른다. 즉, 대화란 자신이 무슨 말을 할지 모른 채 진행되는 커뮤니케이션이다. 적어도 상대방 말을 들어본 다음에야 결정 가능하다.

이처럼 교대로 잇는 대화 법칙을 제대로 지키지 않는 사람과는 대화를 이어갈 수 없다. 대화는 탁구나 테니스처럼 핑퐁핑퐁 교대로 주고받는 협업이어서 자기 생각에만 갇혀 있는 사람과는 진행이 불가능하다.

보기1)

① "오 헨리, 너 엄청 변했구나. 키도 크고 살도 찌고 표정도 밝아졌는데?"

② "미안합니다. 저는 헨리가 아니에요. 존입니다."

③ "그래? 이름까지 바꿨구나?"

거듭 말하지만, 내 마음대로 할 수 있는 문장은 오로지 ①번 문장밖에 없다. 나머지 대화는 방금 한 '너'의 말을 받아 이어가는 일이기 때문에, 네 영향을 받을 수밖에 없다.

이 사실은 매우 좋은 소식이다. 상대방 또한 내 영향을 받는다는 뜻이니까. ①번 문장을 제외한 나머지 모든 문장은 '나'의 것이 아니라 '너의 말에 영향받은 나의 것'이고, '너'의 것이 아니라 '나의 말에 영향받은 너의 것'일 뿐이다.

그러니까 나는 이미 '나'가 아니다. 대화를 시작하면, 독립적인 개별 자아 따위는 존재하지 않는다. '나'는 너에게 영향받은 '나'이고, '너'는 나에게 영향받은 '너'이다.

대화라고 불리는 놀랍고 신기한 사건은 이렇게 발생한다. '나'는 '너'를 만나러 간다. '나'는 '너'에게 할 말이 있다. 그러나 내게 허용된 말은 ①번 문장뿐, 자신이 무슨 말을 할지는 상대방 말을 듣고 나서야 결정된다.

이처럼 대화는 단순히 나의 의견과 너의 의견을 주고받는 교환 행위가 아니다. 나도 어떤 말을 할지 모르고, 너도 어떤 말을 할지 모르는 미지의 인간으로 변한다.

대화 중에 '너'가 화를 낸다면 화를 내는 사람은 '너'지만, 그 화를 불러일으킨 사람은 '나'이고 그 화를 뒤집어 쓰는 것도 '나'다. 대화 중에 '너'가 멋진 말을 하면, '너'는 멋진 말을 한 사람이지만, 그 말을 하게 만든 사람은 '나'이고 그 말로 기분 좋아지는 사람도 '나'다.

대화란 두 사람 모두 이제까지와는 다른 사람이 되는 사건이다. 이것이 우리가 대화를 좋아하는 진짜 이유다.

단지 너를 만나는 게 아니라, 너를 만나 나도 몰랐던 미지의 내 모습까지 만나기!

하지만 실생활에선 대화다운 대화가 이루어지지 않을 때가 많다. 우선 네 말을 듣고, 내 말을 이어야 하는데, 네 말을 듣는 척하면서 내 말로 바꿔치기 일쑤다. 다음은 바꿔치기의 전형적 일례다.

보기2)

ⓐ "나는 먹어도 돼."

ⓑ "너만 먹겠다고?"

ⓐ "바람이 불어서 시원하다."

ⓑ "바람 부니까 기분 좋지?"

ⓐ "내가 깜박이를 넣고 들어가는데……"

ⓑ "그러니까 당신이 내 쪽으로 갑자기 끼어들었잖아."

ⓐ "곧바로 퇴근하겠습니다."

ⓑ "혼자만 먼저 가겠다고?"

ⓑ는 모두 ⓐ의 말을 바꿔치기하고 있다. '정확히 듣기'는 이러한 '바꿔치기'를 일절 하지 않는 것이다. 문장은 조사 하나, 철자 하나 바꾸어도 다른 의미가 되기 때문에, 들을 땐 굳이 그렇게까지 해야 할까 싶을 만큼 말한 그대로 정확히 듣는 게 좋다.

가령, 아이가 부모에게 조른다.

"엄마 나 〈동물농장〉 보고 싶어."

이때 가장 바람직한 부모의 대화 문장은 뭘까? 적잖은 부모들이 이렇게 반응하기 일쑤다. "텔레비전 보겠다구?" "숙제는 언제 하고?" "하루 한 시간만 텔레비전 보기로 엄마랑 약속했잖아?"

보기3)

아이: "엄마 나 〈동물농장〉 보고 싶어."

부모: "(   )"

- ⓐ 텔레비전 보려고?
- ⓑ 숙제는 언제 하고? 다했어?
- ⓒ 텔레비전은 하루 한 시간만 보기로 엄마랑 약속했잖아?
- ⓓ 〈동물농장〉 보고 싶어?

가장 정확한 반응은 ⓓ"〈동물농장〉 보고 싶어?"라는 반문이다. 아이는 텔레비전 보겠다고 하지 않았다. 숙제 안 하겠다고 하지 않았다. 설령 〈동물농장〉을 보면 숙제할 시간이 없어진다 하더라도 말이다. 약속을 깨겠다고 한 적은 없는 것이다.

다만 〈동물농장〉 보겠다고 말했다. 일단 "〈동물농장〉 보고 싶어?"라고 반문하는 것이 제일 좋다. 동시에 '우리 아이가 〈동물농장〉을 보고 싶어 하는구나!'라고 인지해야 한다. 아이가 굳이 텔레비전을 보고 싶다거나, 뉴스나 〈놀라운 토요일〉을 보고 싶다고 하지 않고, 〈동물농장〉을 보고 싶어 한다면 굳이 그걸 보고 싶어 하는 이유가 있을 것이다.

외동이어서 외로우니까 동물에 대한 관심이 높은 걸 수 있고, 생명체에 대한 남다른 연민과 감성이 있어 동물을 좋아하는 걸 수도 있다. 아이는 어쩌면 단지 〈동물농장〉 보고 싶다는 말만 하는 게 아니라, 자신의 정서나 관심 분야, 나아가 인성과 적성, 미래 직업까지 상의하고 있는 건지 모른다.

그런데 부모가 〈동물농장〉이 아니라 '텔레비전' '숙제' '약속' 등으로 바꿔치기하는 바람에 〈동물농장〉 보고 싶어 하는 자기 아이와의 만남을 깨트려버렸다. 눈앞에 있는 아이는 '〈동물농장〉 보고 싶어 하는 아이'인데, 엄마는 엉뚱하게 '텔레비전 보고 싶어 하는 아이', '숙제하지 않겠다는 아이'와 만나고 있다.

나는 사춘기가 된 아이들이 반항한다고 생각지 않는

다. 이런 대화 균열이 십만 번쯤 반복되면 어른들과의 대화를 자기도 모르게 포기한다. 하루하루의 대화 왜곡이 축적된 양에 따라, 사춘기가 되어도 부모와 조곤조곤 대화하는 아이가 있고, 부모와의 대화를 포기하는 아이가 있다.

*

대화의 첫 단추는 '정확히 듣기'다. 대화를 새롭게 시작하고 싶으면 '정확히 듣기'부터 해야 한다. '너'의 말을 정확히 들어야 한다. 하지만 쉽지 않다. 자기도 모르게 딴 생각을 하거나, 말을 자르고 끼어든다. 그 순간 상대방 생각문장에 금이 간다. 내가 내 생각문장을 꺼내 보여주었는데, 상대방이 거기에 함부로 흠집을 내거나 바꿔치기하면 기분 좋을 사람은 아무도 없다.

'정확히 듣기'란, '너'의 문장을 토씨 하나 어긋나지 않게 '나'의 문장으로 받아들이는 것이다. '너'의 문장을 토씨 하나 바꾸지 않고 들을 때, 네가 그 말을 하게끔 만든 '너의 마음'이 느껴진다.

그리고 그래야만 네 마음에 알맞은 반응을 하게 된

다. 눈이 휘둥그레지거나, 고개를 주억거리거나, 놀란 표정을 짓거나, "와!" "정말이야?" "말도 안 돼!" 등과 같은 '공감 반응'이 가능해진다.

이렇게 너의 말과 일치된 '공감 반응'이 이루어져야, 비로소 나는 너의 말을 정확히 들은 것이다. 어떤 말엔 공감이 되고, 어떤 말엔 공감이 안된다고 흔히들 말한다. 하지만 진실은 거꾸로다. 공감이 안되면 적극적 듣기를 못한 것이다. 사랑하는 사람과의 대화에서는 상대방이 틀린 말을 해도 일단 공감부터 해야 한다.

공감 반응을 하면 대화가 하나로 모아지지만, 공감 반응이 약하면 오해의 빈도가 높아진다. 가령, 남자가 꽃을 좋아한다고 말하자, 여자도 "어머, 저도 꽃을 참 좋아해요!"라고 말했다. 그래서 다음번 만날 때 남자가 꽃을 선물했다.

하지만 여자는 아쉬운 표정이다. 남자는 자기가 좋아하는 장미를 선물했는데, 여자가 좋아하는 꽃은 튤립이었던 것이다…….

남자는 한 번 더 물어보는 '적극적 공감'을 했어야 했다.

"어떤 꽃을 좋아하세요?"

보기4)

ⓐ 남자: 저는 꽃을 좋아합니다.

ⓑ 여자: 저도 좋아해요.

ⓐ 남자: 어떤 꽃을 좋아하세요?

ⓑ 여자: 전 코스모스요.

ⓐ 남자: 왜요?

ⓑ 여자: 친근해서요. 어릴 때 등굣길에 가장 많이 피어있던 꽃이거든요.

ⓐ 남자: 맞아요. 가위바위보로 코스모스 꽃잎 따기 해서 가방 들어주기 하고 그랬죠.

ⓑ 여자: 네, 매니큐어처럼 꽃잎을 따서 침 발라 손톱에 붙이고.

화제話題, HOOK를 만나면 공감 질문으로 단락을 만들어야 한다. 공감은 단락을 만든 만큼 가능하다. 대화를 많이 한다고 마음이 통하지는 않는다. 함께 단락을 만든 깊이만큼 마음이 섞이며 통한다.

좋은 작가는 더 나은 생각문장을 만들고, 그 문장을 하나하나 더 나은 방향으로 이어 하나의 단락이 되게 만든다. 대화에서도 마찬가지다. 좋은 대화를 하려면, 더 나은 문장 잇기를 통해 더 나은 단락을 만들어야 한다.

'글쓰기'에서 단락 만들기는 '주제문+ 구체적 뒷받침 문장' 혹은, '제시문 + 더 + 더더 + 더더더 구체적인 제시문'으로 이루어진다. 그런데 대화는 이러한 과정을 혼자가 아니라 둘이서 한다.

가령 위의 대화 내용을 글쓰기 단락으로 옮긴다면, 보기5)가 된다. 글감은 '꽃'이고 주제문은 '나는 꽃을 좋아한다'이다. 나머지는 주제문을 구체적으로 '더' '더더' '더더더' 제시하는 뒷받침 문장이다.

보기4)와 보기5)를 비교해 보자. 보기4)가 둘이 만든 하나의 단락이라면, 보기5)는 혼자 쓴 글쓰기 단락이다.

보기5)

나는 꽃을 좋아한다. 특히 코스모스는 유달리 친근한 느낌이 드는 꽃이다. 친구가 오면 함께 등교하려고 기다리는 아이들 같은 모습으로 학교 가는 둑길에 코스모스가 피어있었다. 친구들과 가위바위보를 해서 꽃잎 따기 내기로 가방 들어주기 놀이를 하곤 했다. 또 침을 발라 손톱에 붙이는 치장 놀이도 했었다. 천연 네일아트답게 예뻤다.

둘이 만든 단락의 두께와 깊이가 곧 둘이 나눈 공감의 두께이자 깊이다. 글쓰기에서도, 대화에서도, 중요한 얘기는 중요한 만큼 단락을 탄탄히 만들어야 한다.

대화의 승패는 '단락 만들기'에 달려 있다.

가령 친구가 30분 늦었다. 이유를 물으니 5분 늦게 집을 나와 코앞에서 버스를 놓쳤기 때문이라면, 사사로운 이유들이니까 그냥 넘어가도 좋을 것이다. 애써 단락을 만들 필요가 없다.

하지만 "엄마가 편찮으셔서"라고 말하면 중요한 화제가 발생했으므로 더 들어가는 공감 단락을 만들어야 한다. "많이 아프셔?" "집에 혼자 계셔?" "오늘 일찍 들어가 봐야 하는 거 아니야?"

다행히 "감기 같아"라고 말하면, 이 정도로 단락을 끝맺어도 좋다.

하지만 "보름째 먹지를 못하셔"라고 말하면, 한결 심각한 문제와 직면한 경우여서 '더' '더더' '더더더' 깊은 공감 단락을 만들어야 한다.

"보름째?" "죽도 못 드셔?" "병원은 가봤어?" "병원에서는 뭐래?" "큰 병원 가서 정밀진단 받아보셔야 하는 거 아냐?" "다시 집에 들어가 봐야 하는 거 아냐?" "내가 아는 분도 그런 증상으로 고생하셨는데, 한번 물어봐 줄까?" 등등.

다루는 내용이 중요할수록 더 깊은 단락을 만들어야 한다. 함께 다룰 만한 가치가 있다면 '더' '더더' '더더더' 들어가야 한다.

'더' '더더' '더더더' 단락을 들어가는 만큼 '더' '더더' '더더더' 깊은 마음을 나눌 수 있다.

평소 두터운 단락을 만드는 관계는 신뢰도 두텁다. 함께 단락을 깊이 있게 만든 만큼 마음 연결도 깊어진다. 단락의 두께와 깊이가 곧 공감과 이해와 사랑의 두께이며 동시에 생각문장의 깊이다.

중요하지 않은 것에 긴 단락을 만들면 대화가 지루해지고, 중요한 것에 짧은 단락을 만들면 대화가 너무 가벼워진다. 서운하거나 무시당한 기분이 든다.

좋은 글은 단락이 깊다. 단락을 깊이 만든다는 건, 그만큼 마음 깊이 들어간다는 뜻이다.

자기 하고 싶은 말만 하고 단락을 제대로 만들지 못하는 수다는 공허하다. 반면 평소 단락을 깊이 만든 사람과 이별하게 되면 마음이 찢어지는 느낌을 받는다. 당연하다. 단락을 깊이 만든 만큼 생각문장이 깊게 연결되어 있기 때문이다.

무엇보다 단락을 제대로 만들어야 그 사람의 진심을 알 수 있다. 다음은 유튜브에 소개되었던 소개팅 대화 샘플이다.

보기6) **연애의 기술, 14회** https://www.youtube.com/watch?v=ymgnH4aohLQ

남: 운동을 한다면, 어떤 운동하고 싶어요?

여: 발레요. 무용 배우고 싶어요.

남: 아, 무용 비슷한 거 배우면 될 거 같은데요. 댄스라든가.

여: 아, 그런 것도 배우고 싶어요.

남: 나도 옛날에 댄스 학원 다닌 적 있어요.

여: 아…….

남: 두 달 동안.

여: 아, 뭐 배웠어요?

남: 방송댄스랑 재즈댄스를 같이 배웠는데요, 재즈댄스는 도저히 못하겠고, 방송댄스랑 힙합…….

여: 힙합 어울려요!

'운동'에 대해 이야기를 나누고 있다. 남자가 어떤 운동을 하고 싶냐고 묻자, 여자가 발레나 무용을 배우고 싶다고 대답한다. 여자의 대답이 조금 특이하다. 운동에 대해 물었는데, 무용에 대해 말한다. 무용도 운동의 일종일 수는 있지만, 약간 핀트가 어긋난다. 일종의 바꿔치기가 일어난, '엇나간 문장 잇기'다.

대화를 해보면 이렇게 예상과 달리 뜻하지 않은 문장을 상대방이 이을 때가 많다. 이렇게 문맥을 무시하는 생뚱한 대사로 잇는 까닭은, 문맥을 무시하고서라도 하고 싶은 말이 있어서다.

따라서 남자는 이 부분에 대해 '적극적 듣기'를 해야 했다. "발레요?" "무용이요?" "왜요?" "무용 좋아해요?" "발레 하면 잘 어울릴 것 같아요!" 등등.

그러나 두 사람은 운동 → 무용 → 댄스 순으로 서로의 어휘를 바꿔치기하고 있다.

남자 역시 갑자기 댄스 얘기를 한다. 그 역시 문맥을 무시하고서라도 자랑하고 싶은 자기 얘기가 있는 것이다. 방송댄스랑 힙합을 배웠다고 자랑하고 싶었나 보다.

하지만 그 바람에 여자가 문맥을 무시하고서라도 발레 얘기를 꺼낸 동기를 듣지 못하게 됐다. 남자는 자기 피알의 생각문장을 택한 대신, 상대에 대한 보다 깊은 이해를 나눌 기회가 사라졌다.

해설자의 설명대로, 여자가 발레와 무용을 배우고 싶어 했는데, 왜 춤을 배우려고 했는지 물어보면 좋았을 것이다. 왜 춤을 좋아하는지, 발레나 무용을 할 때 기분은 어떤지 물어보면 좋았을 것이다.

그랬더라면, 여자는 다음과 같이 말했을지 모른다.

보기7)

남: 아, 발레 좋아하세요?

여: 초등학교 4학년 때까지 배웠어요.

남: 그런데 왜 그만 뒀어요?

여: 아버지 하시던 사업이 망해서요.

남: 그래요?

여: 쫄딱 망해서 시골로 내려가 할머니네랑 같이 살았어요.

남: 아, 힘들었겠네요?

여: 네. 처음엔 적응을 잘 못 했는데, 하지만 시골 생활도 해보니까 나쁘진 않더라구요. 가족의 소중함도 알게 되고.

이렇게 대화가 이어졌더라면 비록 방송댄스나 힙합 자랑은 못 했더라도, 상대의 소중한 생각을 공유했을 것이다. 부모님 사업이 망해 시골 내려가 살았던 기억은 매우 중요한 기억이다. 귀향 경험을 통해 여자가 가족의 소중함을 배웠는지 혹은 돈의 소중함을 배웠는지 아니면 인내심의 소중함을 배웠는지 등 이러한 정보는, 매우 중요한 정보여서, 만날 만한 사람인지 아닌지를 판단할 잣대가 되어줄 수 있다.

*

상대방 말이 이해되지 않을 때는, 명료하게 이해될 때까지 질문을 던져 단락을 만들면 좋다. "언제?" "누가?" "어떻게?" "왜?" "가령?" 같은 '구체화 질문'들은 상대로 하여금 구체적인 생각을 가능하게 해주면서 더더더 더더더 충실한 단락 만들기를 돕는다.

이렇게 단락 만들기를 통해 문제를 보다 구체화하는 것만으로도, 문제가 한결 쉽고 간명해질 때가 많다.

보기8)

아들: 엄마, 큰일 났어!

엄마: 왜?

아들: 내일까지 숙젠데 깜박했어!

엄마: 무슨 숙제?

아들: 국어 숙젠데, 국어책을 학교에다 놔두고 왔단 말야!

엄마: 그럼 어떡해?

아들: 수지한테 가볼까?

엄마: 그냥 갔다가 수지가 집에 없으면?

아들: 일단 전화해 볼게.

단락을 만들지 못하고, 그때그때 말 잇기 놀이하듯 생각나는 대로 떠들면, 대화라기보다 수다다.

물론 '수다'가 나쁜 건 아니다. 수다는 마치 "원숭이 엉덩이는 빨개, 빨가면 사과, 사과는 맛있어, 맛있으면 바나나"식으로, 끝없이 자유연상을 이어가는 말놀이 잇기다. 자유연상이란, 프로이트의 상담처럼 자기 마음속 숨겨진 욕망을 풀어놓기에 가장 편리한 화법이다. 그리고 수다란, 인류가 가장 오래전부터 수행해온 가장 자연스러운 집단 치유상담인지 모른다.

단락 없는 수다도 매우 솔직한 자기 얘기일 수 있고, 자기도 모르게 스트레스가 해소되는 치유 효과를 누릴 수도 있다. 그래서 다들 주기적으로 모여 신나게 수다 떨기를 좋아한다.

하지만 단락이 없는 수다는 공허하다. 말한 시간에 비해 마음에 넣어둘 만한 단락이 부족하면 허전하다.

1. 적극적 듣기

1) 바꿔치기 하지 않는 '정확히 듣기'를 한다.

2) 중요한 내용일수록 그에 알맞은 '적극적 공감'을 표현한다.

3) 중요한 부분에서는 구체화 질문으로 더 깊은 '공감 단락'을 만든다.

2.

적극적 말하기

말을 잘하기란 말처럼 간단치 않다. 말하기는 얼핏 **나 → 너**의 단순 전달 같지만, **'내가 하고 싶은 말' → '내가 표현한 말' → '네가 들은 말' → '네가 해석한 말'**이라는 꽤나 복잡한 전달 과정을 거친다.

우리가 나누고 싶은 것은 단순히 나의 '말'과 너의 '말'이 아니라 나의 '마음'과 너의 '마음'이다. 아쉽게도 인간에겐 '마음'과 '마음'을 곧바로 교환하는 텔레파시가 없다. 언어로 마음을 중개해야 한다. 나는 내 마음을 말로 번역하고 표현해야 하고, 너는 내 말을 듣고 네 마음에게 해석해 줘야 한다.

보기9)

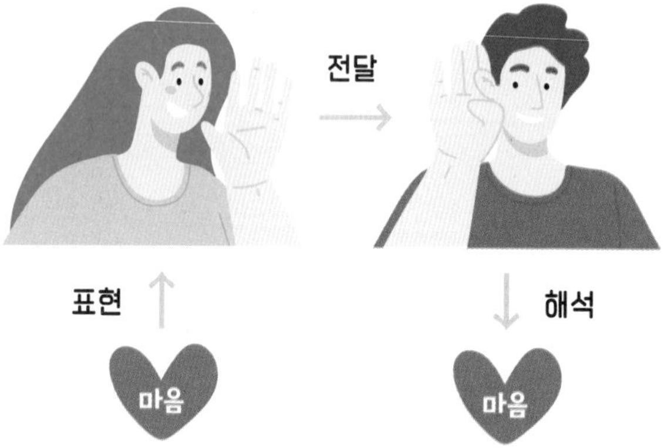

모든 문제는 이로 인해 빚어진다. 우선 '내가 한 말'과 '네가 들은 말'이 다르기 일쑤다. ①'바람 풍風' 했는데 '바담 풍'이 된다. "내 실력이 부족하지만 나는 이 일을 해보고 싶어!"라고 말하려 했는데, 너무 겸손한 자세를 취하느라 "이 일을 하고 싶은데, 내 실력으론 어려울 거 같아!"라고 말한다.

두 번째로 내가 한 말과 네가 들은 말이 다르다. ②상대는 제대로 듣지 못해 '바다 풍'이라고 알아듣는다. 혹은 "하고 싶은 마음이 없지 않지만, 정말 할 생각은 없어"라고 알아듣는다. 사람은 언어 경험이 다르기 때문에 같은 말을 해도 제각각 다른 연상을 떠올리곤 한다. 나는 꽃(장미)을 좋아한다고 말하지만 상대는 꽃(튤립)을 좋아한다고 듣는다.

세 번째로 네가 들은 말과 네 해석이 다르다. ③결국 상대는 '바다 풍'이라 듣고 '해풍'이라고 해석할 수 있다. 상대는 "나는 이 일을 하고 싶은 마음도 의욕도 없다"는 뜻으로 해석한다.

보기10)

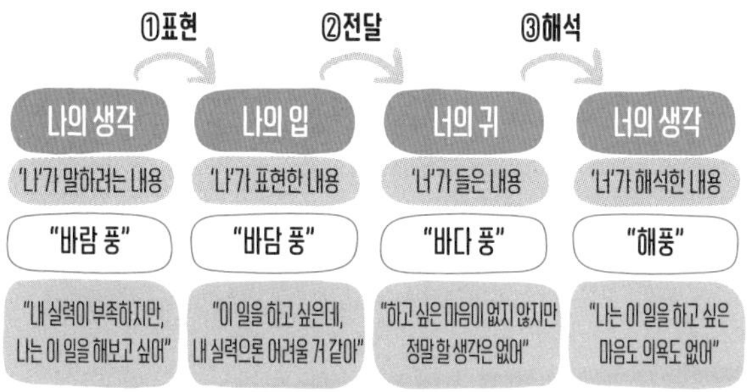

결국 나는 내 말을 상대가 듣고 있다고 생각하지만, 상대가 듣는 말이 내가 하려던 말인지는 알 수 없다. ①은 '표현의 어려움'에서 비롯되고 ②는 '전달의 어려움' 때문에 ③은 '해석의 자의성' 때문에 발생한다.

표현, 전달, 해석의 3중 왜곡 구조 때문에 대화는 언제든 말싸움으로 변하고 만다. 표현, 전달, 해석의 3중 왜곡으로 오해가 생기고 뒷말이 생기고 갈등이 깊어진다.

이 간극을 한방에 없애는 가장 간단한 방법이 있다. 내가 한 말을 어떻게 들었는지 상대에게 물어보면 된다.

우리는 평소 표현만 정확하게 하면 그만이라고 생각한다. 상대방 해석까지 책임지지 않는다. 하지만 성숙한 사람은, '내가 말하려 한 내용'만이 아니라 '상대가 해석한 내용'까지 책임져야 한다. 혹은 책임지려고 노력해야 한다.

나 하고 싶은 대로 말하는 게 아니라 이렇게 말했을 때 상대방이 어떻게 알아들을까 하고 고려해 봐야 한다. 흔히 해석의 오류는 상대방 잘못 같지만, 상대가 잘못 해석했다면 그것은 내 말이 제대로 전달되고, 해석되었는지 자기검열하지 않았다는 뜻이다. 다시 말해 **'적극적 말하기'**를 하지 않은 것이다.

최고의 그림책 중에 하나인 모리스 샌닥의 《괴물들이 사는 나라》는, 엄마가 무심코 뱉은 말이 아이에게 어떤 영향을 끼치는지 매우 잘 보여준다.

주인공 맥스는 늑대 옷을 입고 종일 장난을 치고 말썽을 피운다. 그러자 엄마가 야단친다.

"이 괴물딱지 같은 녀석!"

맥스도 받아친다.

"그럼, 내가 엄마를 잡아먹어 버릴 거야!"

그러자 엄마는 저녁밥도 안 주고 맥스를 방에 가둬 버린다. 엄마는 맥스를 '장난꾸러기'나 '말썽꾸러기'가 아닌, '괴물딱지'로 호명했다. 재밌는 것은 맥스의 반응이다. 엄마가 자신을 '괴물딱지'로 호명하자 자신이 괴물딱지인 것처럼 말한다.

"그럼, 내가 엄마를 잡아먹어 버릴 거야!"

엄마도 물러설 수 없다. 저녁밥도 주지 않고 맥스를 방에 가둔다. 엄마 역시 맥스를 정말로 괴물 대하듯 대한다. 그러자 맥스는 정말로 괴물 나라로 가서 '괴물 중에 괴물'인 괴물 나라의 왕이 되어 논다. 엄마의 억압에 대한 참으로 자연스러운 복수이자 소원성취다.

말은 이렇게 모든 걸 순식간에 바꿔놓는다. 유대 속담처럼, "말이 당신의 입속에 들어있는 한 당신의 종이지만, 입 밖에 나오게 되면 당신의 주인이 된다."

언치 부모들은 '장난꾸러기'와 '말썽꾸러기'라는 말을 구분하지 않고 사용하지만, '장난꾸러기'로 호명 받은 아이와 '말썽꾸러기'로 호명 받은 아이의 반응과 정체성은 서로 다를 수 있다.

토마스 고든에 따르면, 일상생활에서 부모가 '표현한 메시지'와 자녀가 '해석한 메시지' 간에는 심각한 차이가 있다.

보기11)

부모의 조언	"지니한테 좀 더 잘해주지 그래. 그럼 다시 너랑 놀려고 할지도 모르잖아."
자녀의 해석	① "엄마는 내 기분을 전혀 몰라주고 나보고만 달라져야 한다고 하네." ② "나 혼자서는 이 문제를 해결할 수 없다고 생각하시나 봐." ③ "그럼 내 잘못이란 말인가?" ④ "내가 엄마만큼 똑똑하지는 못하다고 생각하시는 것 같아." ⑤ "내가 뭔가 잘못해서 그런다고 생각하시는구나."
부모의 조언	"학교 다닐 때 그런 생각 한번도 안 해본 사람 없어. 좀만 지나면 괜찮아질 거야."
자녀의 해석	"엄마는 내 감정은 전혀 중요하게 생각하지 않아." "내 생각을 인정하지 않으려고 하는군." "학교 탓이 아니라 내 탓이라고 생각하시는구나." "내 말을 진지하게 받아들이지 않으셔." "내가 학교에 대해 그런 생각을 갖는 데는 그럴 만한 이유가 있다고 생각하지 않으셔." "내 기분은 전혀 신경 쓰지 않으시잖아."

함부로 말하면 곤란하다. 생각나는 모든 걸 말하는 건 곤란하다. 그것은 마치 전철이나 버스 안에서 친구

가 주변 승객들까지 다 들을 수 있는 큰 목소리로 말하는 것과 같다. 혹은 자신이 습작한 글을 모두 발표하는 소설가와 같다. 독자는 크게 실망할 것이다.

속으로 떠올린 생각 중에 말로 할 만한 것과 하지 않는 게 더 나은 것을 구분해야 한다. 생각나는 것 중에는 말로 하면 좋은 것과, 하지 않을 때 좋은 것이 있다. 말로 하면 좋은 것 중에 내게는 좋지만, 상대방이나 다른 사람에게는 좋지 않은 것이 있다.

실전에서는 말을 해야 할지, 하지 말아야 할지 헷갈릴 때가 많다. 최종적인 기준은 '나'가 아니라, '나'와 '너' 모두에게 좋은가?이다. 말하지 않고는 견디지 못할 것 같았다. 하지만 그 말이 '나'에게만 그러할 뿐, '너'에게는 그렇지 않을 수도 있다. 그렇게 되면 상대방 귀에 제대로 들어갈 리 없고, 결국은 하지 않느니만 못 하다.

그때그때 생각나는 대로 말하는 게 아니라, 꼭 하면 좋을 말을, 그 말을 하면 일으킬 연상까지 생각하면서, 효과적으로 표현하고, 정확하게 전달하고, 분명하게 확인하는 '적극적 말하기'를 해야 한다. 매우 수고로운 일이다.

하지만 아무렇게나 생각나는 대로 말했기에 뒤따를 혼란이나 오해에 비하면 한결 덜 수고스럽다.

정리해 보자. 대화로 마음을 나누려면, 나는 나의 마음을 내 말로 바꾸고, 내 혀를 통해 입 밖으로 내보내고, 너는 귀로 들은 말을 너의 마음에 해석해 주는, 표현-전달-해석의 3중 장애를 통과해야 한다.

하지만 마음속의 표현하고 싶은 말과 혀로 표현한 말이 다르고, 혀로 발음한 말과 귀로 들은 말이 다르고, 귀로 들은 말과 마음으로 연상한 말이 다르기 때문에 표현, 전달, 해석의 3중 균열이 수시로 일어난다. 이 균열이 없다면 얼마나 좋을까.

그런데 이것을 한방에 해결하는 너무나 간명한 방법이 있다. 내가 한 말을 네가 어떻게 들었는지 물어보는 것이다. 매번 확인할 순 없지만 중요한 메시지는 꼭 확인해야 한다. "내일 어디서 몇 시에 만나자고? 그래, 내일 서울역 실내 시계탑에서 오후 3시까지!"

내가 말한 것만으로 만족하지 말고, 네가 해석한 것까지 확인해야 좋다. '적극적 말하기'란, 내가 말을 잘하는 것만이 아니라, 내 말을 네가 어떻게 들었는지 확인하는 것까지를 뜻한다.

*

균열과 오해는 대화 이전에 내 안에서 일어난다. 가령 내가 '경험한 내용'과 그 경험을 '인식한 내용', 그 인식을 '기억으로 저장한 내용'과 그 기억을 어느 날 '환기한 내용', 그리고 환기한 내용을 '표현한 내용' 사이에는 늘 간극이 존재한다. 그리고 대화하면서 다시금 균열이 일어난다. 내가 하려던 말과 한 말, 내가 한 말과 상대가 들은 말, 상대가 들은 말과 해석한 말 사이에 균열과 간극이 벌어진다.

이 간극들만큼 많은 오해와 갈등이 일어나지만, 이 간극들만큼의 선택과 자유도 가능하다. 균열의 간극들 때문에 우리는 말로부터 자유로울 수 있다. 상대방이 뭐라고 말하든, 그 말은 그의 것이고, 그 말에 대해서는 내 마음대로 해석할 수 있다.

'간극' '균열' '왜곡'이 '차이' '자율' '독립'을 가능하게 만든다. 가령 상대가 내게 욕하면, '나를 무시하는 사람'으로 해석하고 맞받아칠 수 있다. 또한 '그만큼 자기 감정을 숨기지 못하는 사람' '자기에게 결코 도움 되지 않는 비어를 쓰는 사람' '자기 안에 화가 많은 사람' 등으로 해석할 수 있고, 해석만큼 다양한 반응이 가능해진다. 욕설까지 하는 걸 보니 제대로 된 교육을 못 받은 사람이군, 스트레스를 많이 받은 상태구나, 감정 조절이 안 되는 사람이군, 기본적인 예의도 지키지 못하는 사람이구나, 욕을 먹어도 여유를 잃지 않는 연습이 되겠구나…….

상대가 무슨 말을 하든, 결국 내가 들은 말은, 내가 해석한 말이다. 언제든 더 깊은 해석이 가능하다. 또한 상대에게 대꾸할 나의 말은, 내가 선택한 말이다. 언제든 더 나은 표현이 가능하다. 말싸움이 나면 "네가 그러니까 내가 이러지!"라고 네 탓을 하지만, 이 말조차 내가 지어내는 선택이다. 알고 보면 다 창작이다. 너는 너대로, 나는 나대로.

늘 연결된 듯 분리되고 분리된 듯 연결되어 자유로운 문장 잇기가 가능하다. 가령, 너의 말을 웃으며 받지 않고 도로 돌려준 석가모니의 〈잡아함경〉 일화는 유명하다. 하루는 탁발 중인 석가모니에게 바라문이 심한 욕설을 퍼부었다. 그래도 부처님은 빙그레 미소만 짓자, 바라문이 욕먹으면서도 웃는 이유가 뭐냐고 따졌다. 그러자 되물었다. "누군가 당신에게 물건을 줬는데 받지 않으면, 그 물건은 누구의 것인가요?"

마태복음 10장의 예수님 말씀도 유명하다. 제자들을 보내며 당부한다. "집에 들어갈 때는 평화를 빕니다, 하고 인사하라. 그 집이 평화를 누릴 만하면 너희가 비는 평화가 그 집에 내릴 것이요, 그렇지 못하면 그 평화는 너희에게 되돌아올 것이다."

*

대화를 못하는 사람은 상대가 나쁘게 말하면 나쁜 영향을 받지만, 대화를 잘하는 사람은 상대가 나쁘게 말해도 재치 있는 순발력으로 분위기를 리드한다. 우리가 비록 예수나 석가같이 평화로운 미소를 짓지는 못해도, 이 사실을 알면 한결 여유로운 대화가 가능해진다.

내가 무슨 말을 해도 너는 네 해석으로 들을 거고, 네가 무슨 말을 해도 나는 내 해석으로 들을 것이다. 따라서 나는 내 말에 책임이 없고, 너도 네 말에 책임이 없다. 다만 나는 내 해석의 상벌을 받고, 너는 네 해석의 상벌을 받는, 자기 스스로 창작한 삶을 살아가고 있다.

나는 내 말을 하면서 내가 어떤 말을 하는 사람인지 발견하고, 네가 하는 말을 통해 내가 어떻게 남의 말을 수용하는 사람인지 알게 된다.

2. 적극적 말하기

1) 표현 - '말하려는 내용'에 맞는 '표현'을 찾는다.

2) 전달 - '내가 표현한 내용'과 '네가 들은 내용'이 일치하도록 말한다.

3) 확인 - '나의 말'과 '너의 해석'이 일치하는지 확인한다.

3.

적극적 살피기

대화를 못하는 사람은 혼자 일방적으로 말한다. ①일방적으로 말하기에서는 한 사람이 일방적으로 말하면 다른 한 사람은 일방적으로 듣기만 한다. 발화자와 수신자가 정해져 있다. 폐쇄적 집단이 선호하는 대화 방식이다. 아랫사람은 그저, 예, 예, 하고 듣기만 해야 한다. 고압적인 훈계, 긴 잔소리, 자기만 알고 있다는 듯이 늘어놓는 설교, 잘난 척 길게 늘어놓는 자기자랑 등의 갑질 언어가 여기에 속한다. 요즘 사람들이 제일 싫어하는 대화법이다.

대화를 잘하는 사람은 교대로 한다. 일명 ②교대로 말하기에서는 '나'가 하나의 문장을 만들면, '너'가 또

하나의 문장을 잇는다. 한 사람이 발신자가 되면 상대는 수신자가 되고, 상대가 발신자가 되면 나는 수신자가 된다. 평등하게 교대로 잇다 보면, 말이 통하는 느낌이 들고 그 순간, 혼자였던 두 사람은 사라지고, 서로를 하나로 잇는 뜻밖의 생각들이 탄생한다.

알랭 바디우는 사랑을 "둘이 등장하는 무대"라고 했다. 사랑이란 "더 이상 하나의 관점이 아닌 둘의 관점에서 형성되는 하나의 삶"이다. 그러니까 대화야말로 사랑이다. 사랑이 시작되는 순간이다. 둘이서 뜻하지 않은 더 나은 생각을 만드니까.

적잖은 사람들이 '교대로 말하기'를 좋아하고, 대화의 표준으로 삼는다. 하지만 더 좋은 대화가 ③동시에 나누기다. 대화를 정말 잘하는 사람은 교대로 하지 않는다. 동시에 한다. 사랑은 눈으로 말하기 때문이다. 눈으로 말하고 눈으로 읽어야 친밀성이 생긴다. 말하는 사람은 입으로 말하면서 눈으로 살피고, 듣는 사람은 귀로 들으면서 표정으로 표현한다. 말하면서 보고, 들으면서 표현한다.

한 사람이 발신자가 되면 상대는 수신자가 되고, 상대가 발신자가 되면 나는 수신자가 되는, 그런 일반적인 대화가 아니다. 나도, 너도 모두 발신자이면서 수신자로 쌍방 교류한다. 가령, 아이가 잘못을 저질렀을 때 꾸중하면 아이들은 다소곳이 듣는다. 처음엔 다소곳이 잘 듣는 것 같지만, 훈계가 너무 길어진다 싶으면 이내 딴짓을 한다. 한숨을 내쉬거나, 다른 곳을 힐끔거리거나, 발가락을 꼼지락거리거나 장판 구멍을 후벼 판다. 아이 딴에는 열심히 시각 메시지를 보내고 있는 것이다. '아빠, 아빠 훈계가 점점 잔소리가 되어가요. 다 알아들었으니까 그만하세요!'

*

대화는 말로만 하지 않는다. 악센트와 억양, 나아가 눈빛과 표정, 그리고 제스처로 한다. 그중에서 가장 중요한 것이 눈이다. 특히 사랑의 시선은 상대방 일거수일투족에 민감하게 집중하고, 상대방의 표정과 제스처, 상대방 얼굴에 스쳐 지나가는 미소나 그늘까지 읽어낸다.

내가 말할 때도, 말하는 데만 정신이 팔리면 안 된다. 눈으로 들어야 한다. 두 눈으로, 수신자의 눈빛과 표정과 동작을 읽어낼 줄 알아야 한다. 사랑에 빠지면 우리는 누가 시키지 않아도 이러한 기술을 동원한다. 그래서 내가 하고 싶은 말을 하다가도, 상대 기색을 살펴 말을 중단하고 묻는다. "어디 불편해?" "무슨 걱정 있어?" "배고프지?"

내가 불편한 기색, 걱정에 잠긴 표정, 배고픈 낯빛을 해도 알아보지 못하고 자기 말만 하는 사람은 얼마나 답답한가. 나를 사랑하는 사람은, 나 자신도 미처 알아채지 못한 내 기분까지 알아챈다. 그럴 때 나는 사랑받는다는 느낌이 든다. 그렇다면, 나 역시 상대를 사랑한다면, 상대 자신도 알지 못한 기미까지 알아채야 하지 않을까?

사랑의 대화는 말과 눈으로 동시에 한다. 사랑의 대화는 나도, 너도 언제나 수신자이면서 발신자로 행동한다! '나'가 말하면 '너'는 듣고 '너'가 말하면 '나'는 듣는 것이 말하기-듣기의 기본 원칙이지만, '나는 말할 때도 '너'의 눈빛과 표정과 동작이 보내는 메시지를 읽어야 하므로, 사랑의 대화에서 일방적인 발신자나 일방적인 수신자는 존재하지 않는다.

정리해 보자. 대화를 못하는 사람은 혼자 일방적으

로 한다. 잘하는 사람은 교대로 한다. 그러나 사랑의 대화는 말과 눈으로 동시에 한다. 대화는 얼굴을 맞대고, 입과 귀와 눈을 주로 사용하는데, 특히 눈을 가장 많이 사용한다. 쉼 없는 시선의 움직임, 홍채의 움직임에서 보듯, 눈은 가장 예민하고 기민하여 솔직하다.

*

우리는 눈을 통해 상대방의 미소, 눈빛, 차림, 낯빛, 기색, 분위기, 표정, 동작, 자세 등을 인지한다. 귀를 통해서는 음성, 억양, 말투 등을 경험한다. 그리고 언어를 통해 생각문장을 표현한다. 이렇게 교류되는 메시지는 세 층위로 나눌 수 있다. ①언어 메시지, ②음성 메시지, ③시각 메시지.

대화할 때 언어 메시지가 제일 중요할 것 같지만, 메리비안 연구에 따르면 제일 중요하지 않다. 일상 대화에서 언어 메시지는 놀랍게도 7퍼센트 정도만 반영된다. 반면, 청각 메시지는 38퍼센트, 시각 메시지는 55퍼센트. 문장만 사용하는 '읽기-쓰기'와 달리, '말하기-듣기'는 음성, 음량, 음속, 억양, 시선, 표정, 제스처, 자세,

거리 등을 함께 사용하는데, 메리비안에 따르면 제일 중요한 것은 시각적 동작 메시지다.

보기12) 메리비안의 커뮤니케이션 법칙

언어 메시지 (언어)	7%	생각문장	생각, 이성, 의식……
음성 메시지 (청각)	38%	음색, 억양, 크기, 빠르기, 악센트……	느낌, 감성, 감정, 정서, 기분, 잠재의식……
동작 메시지 (시각)	55%	미소, 눈빛, 차림, 낯빛, 기색, 분위기, 표정, 동작, 자세……	욕망, 속마음, 무의식……

메리비안에 따르면, 대화에서 언어 메시지는 고작 7퍼센트밖에 중요하지 않다. 2퍼센트라고 주장하는 학자들도 있다.

언어 메시지보다는 음성 메시지가, 음성 메시지보다는 동작 메시지가 더 중요하다. '어떤 말을 하는가'보다 중요한 것은 '어떻게 말하는가'이고, '어떻게 말하는가'보다 '어떤 모습으로 말하는가'가 중요하다. '머리로 하는 말'보다, '가슴으로 하는 말'이, '가슴으로 하는 말'보다 '몸 전체로 하는 말'이, '그 사람이 진짜로 하고 싶은 말'이기 때문이다.

언어 메시지는 그 사람 생각만 전달하지만, 음성 메시지는 그 사람의 정서나 감정, 기분 상태를 반영한다. 그리고 몸으로 하는 동작 메시지는 그 사람의 실질적인 욕망과 관련되어 있다. 인간은 머리로는 '생각문장'을, 가슴으로는 '감정음성'을, 몸 전체로는 '욕망동작'을 표현하는 생명체다.

가령, ①친구에게 "안녕, 잘 지내?"라고 인사할 수 있다. 잘 지내는지 궁금하다는 '언어 메시지'를 보낸 것이다. 그러나 ②반가운 어투로 하지 않고 무미건조한 어조로 인사했다면, 사실은 네 안부가 그다지 궁금하지 않다는 '음성 메시지'를 던진 것이다. 게다가 ③친구를 보지 않고 지나가는 행인을 쳐다보며 인사했다면, 지나가는 행인보다 관심이 없다는 '동작 메시지'를 던진 것이다.

말로는 불평하지만 자랑하는 어조라든가, 사적인 대화를 큰 목소리로 말한다거나, 슬픈 내용을 즐거운 표정으로 전한다거나, 괜찮다면서 말을 더듬는다거나 하는 것은 모두 언어 메시지와 음성 메시지 간의 균열이다.

재밌다면서 시계를 보거나, 반갑다며 다른 사람을

쳐다보거나, 우습다면서 다리를 떨거나, 고개 끄덕이면서 하품을 삼키거나, 한숨 지을 내용이 아닌데 한숨을 내쉬거나, 사랑한다면서 눈을 마주치지 않는다거나 하는 행동 등은 모두 언어 메시지와 시각 메시지 간의 균열이다.

상대에게 분열된 메시지를 던지고 있는 것이다. 대화는 언제든 '언어/청각/시각'의 세 층위로 분열될 수 있기 때문에, 상대방의 언어 메시지뿐 아니라, 음성 메시지와 동작 메시지까지 살펴야 한다. 언어는 놓치더라도 음성과 동작은 놓치지 말아야 한다.

가령, 아이가 학교에 다녀왔다.

현관에 들어서자마자 가방을 마루에 팽개치곤 큰 소리로 신경질 내며 방문을 쾅 닫고 들어갔다.

"나 이제 학교 안 다닐 거야!"

이럴 땐 어떻게 대꾸해야 할까?

적잖은 부모들이 여전히 "왜 학교에 안 가겠다는 거야?" "왜 우리 아들, 학교에서 무슨 일 있었어?" 같은 대사를 선택한다. 하긴 "이 녀석이 또 신경질이야!"라거나, "얘가 지금 어디서 배운 버릇이야?"라고 야단치는 분들보다는 낫다.

그러나 '적극적 살피기'는 동작 메시지 → 음성 메시지 → 언어 메시지 순으로 읽는 것이다. 따라서 아이의 거친 동작과 억양을 읽어, "화가 아주 많이 났구나?" 하는 반응 정도가 가장 적절하다. 아이는 아래와 같은 메시지를 보내고 있는 것이다.

보기13)

현관에 들어서자마자 가방을 마루에 팽개치곤 짜증 나는 어투로 뱉더니, 방문을 쾅 닫고 들어갔다.

"나 이제 학교 안 다닐 거야!"

메시지	내용과 의미	반응
언어 메시지	이제 학교 안 다닐 거야!	학교를 왜 안 다니겠다는 거야? 학교에서 무슨 일 있었어?
	학교 다니기 싫다	
음성 메시지	짜증 나는 어투	이런, 짜증 나는 일이 있구나? 학교에서 기분 나쁜 일 있었어?
	짜증 난다	
동작 메시지	가방 팽개치기, 방문 쾅 닫기	화가 많이 났구나? 학교에서 무척 화나는 일을 겪었구나?
	화가 난다, 마음을 닫겠다	

거짓말 탐지 전문가 폴 에크먼의 말처럼 감정은 어떤 형태로든 표현되고, 동물행동학자 데즈먼드 모리스의 설명처럼 신체는 그 자체로 표현 기관이다. 인간은 더할 나위 없이 예민하며, 더할 나위 없이 솔직하다! 우리가 그의 동작 메시지를 놓치는 만큼 그는 우리를 속일 수 있다.

우리는 상대방을 못 읽어냄으로써 스스로를 속이게 된다. 우리가 언어 메시지뿐 아니라, 음성 메시지와 동작 메시지까지 정확히 읽어낸다면, 우리는 상대방의 너무나 예민하여 더없이 정직한 표현들을 발견할 수 있다.

기실 표정까지 속이기란 너무 어렵다. 거짓말하거나 긴장을 하면, 눈썹이 움직이거나, 좌우 표정이 불균질하거나, 눈은 웃지 않고 입만 웃는다거나 하는 균열이 일어난다.

무엇보다 시선을 통제하기가 제일 어렵다. 《나는 너를 책처럼 읽을 수 있어》라는 책을 출간한 미정보국 심문관 하틀리와 커린치의 경험에 따르면, 눈동자가 움직이는 것은 그 사람이 머릿속으로 대답을 찾고 있음을 의미한다.

가령 시각 피질은 뇌의 뒷부분에 있기 때문에 우리

가 어떤 영상을 기억하려 할 때면 눈동자는 위쪽을 향하게 된다. 그리고 소리를 처리하는 영역은 귀 바로 위에 있으므로 어떤 선율이나 소리를 떠올릴 때면 눈동자는 눈썹 가장자리와 광대뼈 사이의 귀 부분을 향한다. 지적으로 사고하거나 문제 해결을 고민하는 과정은 성인의 경우 전두엽에서 일어나므로, 분석하거나 계산할 때면 대개 두 눈과 머리 전체가 왼쪽으로 향한다.

*

이금이의 동화 《너도 하늘말나리야》는 이혼한 엄마와 시골로 내려온 미르의 이야기로 시작한다. 부모의 이혼이 속상한 미르는 시골 생활이 내키지 않는다. 마음이 꼬일 대로 꼬여 있다. 그 바람에 새로 출발하려는 엄마와의 대화가 자꾸 삐걱거린다.

가령, 엄마가 컴퓨터 좀 쓰겠다고 부탁하자, "뭐 할 건데요?"라고 말한다. 보던 잡지에서 얼굴을 떼지 않은 채 건성으로 되묻는다. 이 상황이 실제 상황이라면 엄마는 어떻게 해야 좋을까?

보기14) 이금이의《너도 하늘말나리야》중에서

① "너 지금 컴퓨터 안 쓸 거지? 엄마 좀 쓰자."

② "뭐 할 건데요?"

③ 미르는 건성으로 보고 있던 잡지에서 얼굴을 떼지 않고 말했다.

④ "조금 있다 운영 회의할 건데, 자료 좀 준비해 놓을게 있어서."

⑤ "운영 회의를 어디서 할 건데?"

⑥ 미르는 그제야 엄마 쪽을 바라보았다. 하지만 엄마는 미르에게 등을 보이며 컴퓨터 앞에 앉아있었다.

⑦ "진료소에서 하지. 너 이따 운영위원들 오시면 인사 잘해야 돼. 엄만 딸이 버릇없이 행동하는 거 싫어."

⑧ 모니터에 푸른 화면이 나타났다. 얼른 무엇인가를 쓰라고 재촉하듯 커서가 깜빡거렸다.

⑨ '엄만 뭐 내가 싫어하는 행동 안 하나?'

⑩ 미르는 목 끝까지 올라온 말을 꿀꺽 삼키며 볼멘소리로 물었다.

⑪ "운영위원이 누군데?"

⑫ 미르는 울컥 눈물이 솟구쳤다. 날 이렇게 만든 건 엄마야!

⑬ "개학하기 전에 미리 친해지게 바우랑 소희, 내일이라도 집으로 부를까?"

⑭ 미르를 바라보는 엄마의 얼굴이 환하게 웃고 있었다. 엄말 웃게 만들 순 없어.

⑮ "싫어. 누가 그깟 애들이랑 친구하고 싶대?"

⑯ 미르가 팩 쏘아붙이며 일어서는 순간 바구니가 엎어지며 귤들이 바닥으로 나뒹굴었다.

엄마가 '적극적 살피기'를 했다면, 그래서 미르의 동작에 주목했다면, ③에서 미르의 동작을 놓치지 않고, ④에서 "엄마한테 뭔가 서운한가 보구나?"라고 물었을 것이다. ⑥에서야 미르가 엄마를 바라본다. 그러나 엄마는 이미 등을 돌린 상태다. 엄마가 아이에게 실제로 던지는 동작 메시지는, '엄마는 바쁘다!' '네게 관심 가질 시간 없다!'라는 동작 메시지다.

엄마 자신도 어쩔 수 없었을 테지만, 치명적 실수다. 작가는 이러한 대화 균열을 섬세하게 서술했다. 적잖은 부모들이 일상에서 이런 실수를 수없이 저지르고, 이런 상처를 십여 년쯤 반복해서 받은 아이들은 마침내 부모와의 대화를 포기해 버린다. 주변의 여러 가정에서 볼 수 있듯이 대화는 미세한 메시지를 읽지 못하는 것에서부터 단절이 시작된다.

이제 미르는 언어 메시지/청각 메시지/시각 메시지 사이에서 균열을 앓는다. 미르가 의식적으로 사용하는 '언어'와 감정적으로 드러내는 '음성'과 무의식적 '동작' 간에 여러 균열이 일어난다. 이를 좀 더 상세히 살펴보자.

보기15)

메시지		의미
언어 메시지	"운영위원이 누군데?" "싫어. 누가 그깟 애들이랑 친구하고 싶대?"	누가 오는지 궁금하긴 하지만, 친구 사귀고 싶지 않아요! 내게 진짜 중요한 건 엄마 아빠예요.
음성 메시지	볼멘소리 팩 쏘아붙이며	난 속이 꼬였어요. 신경질 났어요.
동작 메시지	일어서며 바구니 엎지르기	마음이 통제 안 돼요. 내 마음이 엉망이에요. 내 인생은 이제 엎질러진 귤 바구니 같아요.

만약 아이의 말에만 주목하면, 위에 묘사된 미르 모습은 매우 못나고 무례한, 소위 버르장머리 없는 아이의 태도로 읽힌다. 대화중에 귤 바구니를 엎질러 귤을 나뒹굴게 만들면 대부분의 부모들은 "이 녀석이 지금 어디서 이런 버르장머리 없는 행동을?!"이라며 화를 낼 것이다.

하지만 음성 메시지와 동작 메시지로써 읽으면, 위의 미르는 더없이 솔직한 아이다. 차마 말로는 하지 못하지만, 음성과 동작을 통해 자기 마음 상태 즉, 자기 마음이 엎어진 귤 바구니처럼 뒤집어져 있다는 사실을, 귤 바구니를 엎지르는 연극 행위로 정확히 시연하고 고백하고 토로하고 있는 중이다. 얼마나 솔직한 아이인가.

*

일부러 작정하면, 말로야 거짓말할 수 있다. 하지만 어투나 악센트, 말의 속도나 목청 크기, 그리고 표정이나 동작까지 통제하기란 쉽지 않다. 대화 상대의 음성과 동작에 주목해 보라. 모든 사람이 얼마나 솔직한지 모른다! 특히 시선 통제는 거의 불가능하며 홍채 조절은 아예 불가능하다. 호감 가는 대화 내용을 들으면 0.4초 내로 홍채가 커진다. 우리를 속이는 사람은 없다. 우리가 읽지 못하고 있을 뿐이다.

거듭 강조하지만, 음성과 동작을 적극적으로 읽으면, 그럴 수만 있다면, 놀랍게도 대부분의 사람이 하나도 숨기거나 속이지 않고, 자기 속내를 다 표현하고 있다. 그의 모든 동작은, 그릇을 깨거나 문을 쾅 닫고 나가는 행동, 심지어 욕설과 폭행까지, 모두 자기 심경을

연극적 행위로 설명해 보이는 매우 정직한 동작 메시지다.

흔히 세상에 믿을 사람 없고, 자기 마음을 솔직하게 말하는 사람 없다지만, 사실은 그 반대다. 놀랍게도 사람들은 언제나 매우 솔직하게 표현하고 있다. 다만 우리가 상대방의 동작 메시지와 음성 메시지를 무시하고 제대로 읽지 않았을 뿐이다.

'적극적 살피기'는 '적극적 듣기'보다 한결 강한 집중을 요구한다. 그 대신 한결 정확한 소통을 가능케 해준다. 상대방과 언어뿐 아니라 청각과 시각 영역까지 나누는 친밀한 노력이다. 노력해야 하지만 노력하는 만큼 보상이 곧바로 따르는 즐거운 일이다.

이 사실을 경험하게 되면, 노력하지 않으려야 노력하지 않을 수 없다. 어려워서 하지 못하는 게 아니다. 그게 얼마나 자기에게 좋은지 몰라서 못 하는 것이다. 얼마나 좋은지 알면 애써 하지 않으려 해도 하게 된다.

짝사랑에 빠진 사람은 이런 사실을 매우 잘 안다. 그는 상대방의 표정 눈짓 시선 하나 놓치지 않는다. 상대가 웃을 때 평소 웃음소리보다 톤이 낮은지 높은지 정확히 알아챈다.

'적극적 살피기'란, 언어 메시지뿐 아니라 청각 메시지와 시각 메시지까지 읽는 것이다. 적극적 살피기를 통해 발신과 수신이 동시에 이루어지는 대화는 매우 이상적이다. '나'가 말을 하다가도, '너'의 음성이나 동작 신호가 오면, 언제든 '나'의 말을 중단할 수 있는, 그러한 열린 상태는 매우 이상적이다. 서로의 언어-음성-동작 모두를 감지하고 있기 때문에, 서로의 감정과 욕망까지 읽을 수 있다.

적극적 살피기는, 거의 모든 사람들이 대화에 매우 솔직하게 참여하고 있다는 걸 가르쳐준다. 듣기 싫어 딴 데를 쳐다보는 행위조차 듣기 싫다는 적극적 표현이다. 학생들의 졸음은 선생의 강의에 대한 솔직한 평가다. 짝사랑할 때 잘 보이듯, 사랑에 빠지면, 적극적 살피기는 노력 없이도 본능처럼 수행된다.

3. 적극적 살피기

1) 언어 메시지로 너의 생각을 살피는 것뿐 아니라 청각 메시지로 너의 감정까지 살핀다.

2) 청각 메시지뿐 아니라 동작 메시지로 너의 욕망까지 살핀다.

3) 발화자이자 수신자, 수신자이자 발화자로서 대화와 함께 언어 음성 동작 전체로써 교감한다.

4.

적극적 (불)일치하기

대화는 언어와 음성과 동작을 함께 사용한다. 언어와 음성과 동작을 모두 일치시켜 온몸으로 말할 때, 말은 가장 강력한 공명을 얻는다. 언어-청각-시각 메시지에 균열이 생기면, 그만큼 힘을 잃는다. 가장 강력한 말하기는 언어-청각-시각 메시지를 모두 하나로 합쳐 온몸으로 말하는 '적극적 일치하기'다.

우리는 흔히 '너'가 말할 때, 너의 말을 적극 듣기는커녕, 자신도 모르게 딴 생각을 하거나, '너'의 말을 자르고 끼어든다. 그리고 자신이 말할 때조차 자기 말에 전념하지 않는다. 자기가 말하고자 하는 내용과는 다른 음량이나 억양, 시선이나 표정을 짓는다.

스스로를 믿지 못하기에 자신 없는 투로 뱉기 일쑤다. 자신에게조차 절박하지 않은 말을 상대방이 절박하게 들을 리 없다. 말하는 자신조차 절박하지 않은 말을 누가 귀담아들을까. 반대로 누군가 전심을 다해 말한다면, 어떻게 귀담아듣지 않을 수 있을까

재미난 말은 재미나게, 단호한 말은 단호하게 발성해야 한다. 부탁할 때는 온몸으로 부탁하고, 사과할 때는 온몸으로 사과한다. 심드렁한 어조로 부탁하거나, 차가운 말투로 사과하고 나서, 상대가 들어주지 않는다고 불평할 순 없다. 딱딱한 어조로 아이에게 말하는 부모, 떨어져서 딴전 피우듯 대화하는 부부, 시선을 피하는 애인, 지나치게 큰 목소리로 말하는 상사의 경우 대화하기는 쉽지 않다.

우리는 평소 언어로 생각을, 목소리로 감정을, 몸으로 욕망을 표현하는데, 이 세 가지 층위가 균열을 일으킬 때가 많다. 가령, 피곤하고 지친 표정으로 짜증을 낸다. "네 책상 좀 청소해, 돼지우리냐?" "양말 좀 아무 데나 두지 마, 너 혼자 살아?" "조용히 좀 해, 어떻게 너만 생각하니?"

언어 메시지는, 청소 좀 해달라는, 양말 좀 빨래통에 넣어달라는, 조용히 좀 해달라는 청유 메시지인데, '넌 돼지야' '넌 혼자 살아' '넌 이기주의자야'라는 비난으로 읽힐 가능성이 크다. 음성 메시지는, 짜증 나는 투로 말하고 있기 때문에 '신경질 난다'는 피곤함의 호소로 읽히지 않고 짜증 내고 싶다는 공격적 감정으로 읽힌다.

표정 메시지는, 너무 피곤하고 힘들다는 메시지('네 책상 청소까지 해야 해서 내가 피곤하고 힘들다' '네 양말을 내가 다시 빨래통에 주워 담아야 해서 내가 피곤하고 힘들다' '네가 시끄러워 내가 피곤하고 힘들다')일 텐데 듣는 이에겐 피로만 전달된다.

따라서 의견을 제안하고 부탁을 건네는 청유형 문장을 사용하되, 상냥한 어조와 공손한 태도로 말해야 한다. "내가 힘들어서 그러는데 네가 ~해주면 내가 정말 좋겠다." 이렇게 할 수만 있다면 얼마나 좋을까. 그러나 그것은 엄밀히 말해, 내가 피곤하고 힘들지 않다는 뜻이고, 짜증 나지 않는다는 자백 아닐까.

모든 대화에서 언어-청각-시각 메시지를 일치시킬 필요는 없다. 오히려 불일치를 통해 풍부한 대화가 가능해지기도 한다. 가령 들어주고 싶지만 들어줄 수 없는 부탁일 때, 말로는 거절하면서 안타까운 표정이나 미안한 눈웃음을 짓게 된다. 너에게 호감은 가지만 아직 표현하기는 이를 때 평범한 인사말이라도 한결 친근한 미소로 건넨다.

이렇게 세 층위의 메시지를 적당히 분리하거나 색다르게 배합함으로써 자신의 메시지를 보다 효과적으로 전달할 수 있다. 억양을 바꾸는 조롱이나 웃으며 눈을 흘기는 교태와 같이. 혹은 채플린의 표정과 동작처럼, 균열은 때로 얼마나 코믹하면서 얼마나 많은 생각거리를 던져주던가.

메시지를 일치시키는 일은 의식적인 노력으로는 불가능할지도 모른다. 일시적이라면 모를까, 지속적으로 '언어와 생각', '음성과 감정', '동작과 욕망'을 인위적으로 조정하는 건 한계가 있다. 나의 생각이 뒤죽박죽이면 나의 언어도 뒤죽박죽이고, 내가 주저하면 내 음성도 주저하고, 내가 원하지 않으면 내 시선이나 몸짓도 따로 논다.

억양도 낯빛도 내가 통제하기 전에 저절로 이루어지고, 통제하려고 하면 도리어 경직될 뿐이다. 어쩌면 속는다는 건, 차분하게 살피지 않았다는 반증이거나, 의심이 가지만 믿고 싶은 상대방의 말을 내 욕심대로 해석한 것인지도 모른다.

*

영화 〈말아톤〉에서 초원이 엄마 경숙(김미숙)이 감독(이기영)을 설득하는 장면은 "온몸으로 일치된 말하기"의 좋은 본보기다. 경숙이 수차례 감독을 찾아가 아들 초원에게 마라톤을 가르쳐달라고 부탁한다. 운동장에서 무릎까지 꿇지만, 감독은 초원에게 마라톤을 가르칠 의향을 보이지 않는다. 도리어 경숙을 나무란다.

그러자 돌아서서 가는 감독의 등에 대고 경숙이 외친다. 온몸을 다해, 사력을 다해, 소리친다.

"그러니까 당신이 가르쳐줘야지!"

이 순간 경숙의 언어 메시지와 음성 메시지와 동작 메시지는 모두 간절하다. 간절함으로 일치되어 있다. 이렇게 메시지를 일치시켜야만 호소력이 강력해진다.

반면 홍상수의 〈오! 수정〉은 사람과 사람이 만날 때, 얼마나 많은 불일치가 일어나는지 매우 잘 보여준다.

레스토랑에서 숟가락을 떨어뜨리는 간단한 사건을 두고, 재훈은 "숟가락이 떨어진 것 같아요"라고 기억하고, 수정은 "포크가 떨어진 것 같아요"라고 기억한다. 수정과 재훈은 같은 경험도 다르게 기억하고, 같은 기억도 다르게 말한다.

두 사람의 데이트는 균열된 불일치투성이다. 균열된 제안으로 시작해 균열된 제안으로 끝난다. 영수와 재훈 사이에서 결정을 내리지 못한 수정은 재훈에게 "제가 술 마실 때만 애인해 드릴까요?"라고 균열된 메시지를 건넨다. 애인이란 사랑하는 사이를 뜻한다. 술 마실 때만 애인이 된다는 자체가 불가능하므로, 수정의 문장은 분열된 문장이다.

그럼에도 우여곡절 끝에 둘은 사랑을 나누기로 한다. 하지만 약속 시간에 수정이 호텔에 나타나지 않자, 재훈이 수정에게 전화 걸어 말한다. "택시 타고 천천히 와요, 기다릴게요" 이 상황에서 택시는 가장 급한 이동수단인데, 어떻게 택시를 타고 "천천히" 오라는 건지. 재훈의 문장 역시 균열된 문장이다.

수정의 제안은 모순된 제안이자 균열된 말하기처럼 보인다. 하지만 재훈을 놓치고 싶진 않지만 믿을 수 없고, 영수와의 관계까지 엉켜 불확실한 상황에서 나온 최선의 문장이기도 하다. 재훈이 한 택시 타고 천천히 오라는 말 역시, 모순된 제안이자 균열된 말하기이지만, 주저하는 그녀를 재촉하고 싶은데 너무 재촉하면 오히려 반감만 살 것 같다 보니 자연스레 생겨난 균열이다. 그래서인지 둘은 해피 엔딩으로 끝난다. 난관을 이겨내고 사랑한다.

*

메시지 균열 자체가 나쁜 것만은 아니다. 생각과 감정과 욕망 간의 충돌이 생기면, 어쩔 수 없이 균열이 발생하고, 이런 균열은 자연스러운 것이다. 때로 감동적이기까지 하다. 6.25전쟁을 다룬 윤흥길의 소설 《장마》의 외할머니 모습이 그렇다. 소설은 외할머니가 외아들의 전사통지서를 받는 장면으로 시작한다.

이가 빠지는 흉몽을 꾼 외할머니는 전선에 나가 있는 아들의 전사를 예감한다. 과연 군홧발 소리가 대문을 두드린다. 전사통지서를 전달하러 온 것이다. 이때 외할머니는 매우 특이한 반응을 보인다. 그녀는 평소

처럼 완두콩을 까며 중얼거린다. "내 말이 틀리능가 봐라. 인제 쪼매만 있으면 모다 알게 될 것이다. 어디 내 말이 맞능가 틀리능가 봐라."

어머니와 이모가 달래도, 확신한다. "아니다. 느덜이 모르고 허는 소리다. 이 나이 먹드락 내꿈이 틀린 적이 어디 한번이나 있디야?" "다아 소용없는 소리다. 느이 애비가 죽을 때만 혀도 나는 사날 전에 벌써 알어채렸다. 이빨이 아니라 그때는 손구락이었지만. 꿈에 엄지 손구락이 옴싹 빠져서 도망가 버리드라."

자기 꿈이 맞다고 확신하는 것이다. 자기 꿈이 맞으면 자기 아들이 전사했을 거라는 뜻일 텐데, 거듭 확신한다. 마침내 전사통지서가 도착하자 중얼거린다. "나사 뭐 암시랑토 않다. 오널 아니면 니알중으로 틀림없이 무신기별이 올 종 알고 있었으니께, 진즉부터 알고 있었으니께, 나사 뭐 암시랑토 않다. ……나사 뭐 암시랑토 않다……."

아들의 전사 소식에도 자신은 아무렇지 않다고 거듭 중얼거린다. 하지만 주인공 소년은 외할머니의 동작을 놓치지 않는다. 완두콩을 까서 알맹이는 바구니에 넣고 껍질은 치마폭에 떨어뜨려야 하는데, 외할머니는 알맹이를 치마폭에 떨어뜨리고 껍질은 바구니에 담고 있는 것이다.

외할머니의 생각과 말, 생각과 행동 사이에는 극심한 균열이 일고 있다. 자기 꿈이 맞는다면 아들이 전사했다는 뜻이고, 아들의 전사는 그녀가 가장 꺼리는 일일 것이다. 그럼에도 그녀는 자기 꿈이 맞는다고 확신하는 동시에, 자신은 아무렇지 않다고 거듭 억지스레 중얼거리지만, 정작 콩과 껍질을 거꾸로 놓을 만큼 제정신이 아니다. 이러한 외할머니의 균열을 목도한 소년은 다음과 같이 진술한다.

"그것이 외손자인 내게는 감히 누구도 범접 못 할 불가사의한 힘으로 느껴져 오래도록 기억에 남을 강렬한 감동을 주었다."

외할머니의 균열이 너무 강한 모성애 때문임을 이해한 것이다. 아들의 죽음을 예감한 그녀는, 예감만으로 너무 두려워, 도착적인 방어기제를 펼치고 있다. 자신은 괜찮다고 주문 외듯 주술 외듯 정신없이 외고 있다.

언어에 반어법이 있듯, 우리의 감정도 반어적일 때가 많다. 너무 예쁜 아기를 보면, "아이고 고놈 참 (얄)밉게도 생겼네"라고 말하는 식이다. 심지어 아기 볼을 살짝 꼬집어보기도 한다. 사랑하는 사이에는 이런 반어적 감정 표현이 흔히 나타난다. 연인 간의 데이트에서 "너랑 안 놀아!"라는 말을, 정말 안 놀겠다고 해석하는 바보는 없을 것이다. 아이의 앞날이 걱정되어 귀가한 아이에게 화를 내는 식이다.

예쁜 아기 볼을 꼬집으며 "얄미워라!"라고 말하면 그만큼 이쁘다는 뜻이고, 연인 앞에서 가볍게 눈흘기며 "보기 싫어!"라고 말하면 그만큼 좋다는 뜻이다. 이것쯤은 다들 알 것이다. 하지만 아이가 늦게 귀가하자 걱정이 되어 아이에게 화를 내는 경우, 아이뿐 아니라 아빠 자신도, 자신의 실제 메시지인 "너를 사랑한다"를 느끼지 못한다.

대화의 가장 큰 어려움은 바로 이 부분이다. 말할 때는 '생각문장'뿐 아니라, '감정음성'과 '욕망동작'이 함께 표현되는데, 반어적 또는 도착적으로 표현될 때가 많고, 자신조차 이러한 도착을 알아채지 못한다. 잘해보려니까 화가 나는 건데, 화가 나면 다 때려치우고 싶어지는 식이다. 이처럼 모순된 감정은 어떻게 다뤄야 좋을까?

4. 적극적 (불)일치하기

1) 언어/음성/동작 메시지를 일치시켜 온몸으로 말한다.

2) 그러나 생각/감정/욕망이 불일치할 때는 언어/음성/동작 메시지가 불일치될 수밖에 없다.

3) '일치하는 말하기'와 '불일치하는 말하기'를 구분하면, 언어 메시지의 '생각'과 음성 메시지의 '감정'과 동작 메시지의 '욕망'을 보다 효과적으로 다룰 수 있다.

5.

적극적 따라 하기

글을 써보면, 쓰고 싶은 대로 써지지 않는 경우와 쓰고 싶던 대로 써지는 경우가 있다. 쓰고 싶은 대로 써지지 않는 경우보다 쓰고 싶던 대로 써지는 때가 더 좋다. 그러나 더 좋은 경우는, 쓰고 싶던 것보다 잘 써지는 경우다. 쓰면서 자기도 모르게 더 좋은 생각문장이 떠오를 때가 가장 이상적이다.

막상 써보니 처음 쓰려고 했던 글보다 더 좋은 글이 나타날 때 글쓰기는 더없이 즐겁고 신난다. 대화도 마찬가지다. 좋은 대화란, 내가 준비해 간 말을 전달하는 게 아니다. 내가 준비해 간 말보다 더 좋은 말을 찾는 경우다.

대화란, 너와 대화를 함으로써 내 생각문장이 더 나아지는 사건이다. 누군가를 만나 내가 하고 싶은 말을 하는 게 아니라, 내가 생각 못 했던 더 좋은 말을 할 때, 대화는 그 자체로 즐겁다.

그러기 위해서 '적극적 듣기', '적극적 말하기', '적극적 살피기', '적극적 (불)일치하기'를 해야 한다. 하지만 대화는 내가 의식하고 노력하는 것보다, 한결 복잡하고 빠르게 이루어져서, 끝나고 나면 꼭 아쉬운 부분이 남는다.

딴에 열심히 애써 보지만 자꾸만 말을 놓치고, 시선이 어긋나고, 무슨 소리인지 알 수가 없고, 무얼 의미하는 표정인지 이해할 수 없을 때가 많다.

영화 〈돼지가 우물에 빠진 날〉에서 매표원 민재와 소설가 효섭이 카페에서 만난다. 둘은 만난 지 2년 되는 연인 사이지만, 시나리오 지문 부분(괄호 부분에 표현된 청각 메시지)을 보면 둘은 전혀 다른 메시지를 보내고 있다.

효섭은 만난 기간을 기억하는 민재를 이상하고 특이한 여자로 본다. 민재는 그것을 칭찬으로 알아듣고 웃는다. 칭찬으로 알아들은 민재는 자신들을 다정한 연인 사이라고 생각하지만, 효섭은 그렇지 않다. 효섭은 민재를 "이상한 눈으로" "기가 막힌 듯" 바라본다.

둘의 균열은 동작 메시지에서 뚜렷하게 드러난다. 민재는 호감 어린 미소와 시선으로 효섭을 바라본다. 손가락으로 컵 받침을 만지는 것으로 설레면서도 조심스러운 마음을 표현한다. 하지만 효섭은 뒤로 물러난 자세다. 그리고 민재가 아니라 자기 라이터나 쳐다보며 투덜대는 투로 말한다. 둘은 상반된 진심을 솔직하게(!) 표현하는 중이다.

민 재　선생님, 오늘이 만난 지 2년째 되는 날이에요.

효 섭　네가 나 이상한 눈으로 보기 시작한 게 벌써 2년 됐니? 헤헤헤

(잠시 후 기가 막힌 듯) 근데 넌 그런 것도 기억하냐?

민 재　(칭찬인줄 알고 씨-익 웃으며) 그걸 어떻게 잊어요. 저 출판사 그만두기 바로 전에 선생님 만났잖아요.

민 재　아침 드셨어요?

효 섭　헤헤.

민 재　맨날 밤새우시면서 아침 좀 챙겨드세요. 우리 나갈래

요? 제가 밥 사드릴게요.

효섭 생각 없어. (하는데 끄윽- 나오는 육개장 트림. 얼른 고개 돌려 냄새를 다른 쪽으로 뿜는다) 난 공복에 머리가 더 잘 돌아.

효섭의 균열은 크다. 커피숍에 도착하기 전에 혼자 국밥을 사 먹어놓고, 거짓말을 하고 있다. 이러한 거짓말은 트림으로 드러난다. (이 부분은 시나리오에만 있고 실제 연출엔 반영되지 않았다.) "생각 없어"라는 말은, 먹을 생각 없다는 뜻으로만 보면 사실이다. 하지만 민재에겐 효섭이 밥을 먹지 않았지만 밥 생각이 없다는 뜻으로 해석될 것이기에 명백한 거짓말이다.

이처럼 실제 대화에서는 언어-음성-동작을 모두 발화하면서, 여러 균열들이 발생한다. 말하지 않았지만 말한 부분과, 말했지만 감춘 부분이 생긴다. 스스로도 의식 못 한 채 드러내지 않았지만 드러났고, 숨기지 않았지만 숨긴 꼴이 된다.

민재에게 관심 없는 효섭은 시니컬한 말투와 균열된 동작 메시지를 통해 민재를 사랑하지 않는 마음을 여과 없이 보여주고 있는 동시에 생략된 언어 메시지를 통해 민재를 기만하고 있다. 반면 효섭을 좋아하는 민재는, "만난 지 2년째 되는 날" "그걸 어떻게 잊어요" "아침 드셨어요?" "챙겨드세요" "밥 사드릴게요" 같은 애정 가득한 언어 메시지를 거듭 보내고 있다.

프로이트의 말처럼, 인간의 마음속에는 자신이 그것을 알고 있다는 걸 모르면서도 실제로는 알고 있는 정신적인 것이 있다. 서로의 무의식적 표현까지 살펴야 하지만, 쉽지 않다.

더구나 대화는 특정 시공간에서 일어난다. 만나기 전에 생각했던 말과 만나서 하게 되는 말이 다르고, 헤어져 집에 돌아가 하는 생각이 다르고, 집에 돌아가서 일정 시간이 지난 뒤의 생각이 또 다르다.

이런 상황에서 어떻게 서로의 말이 통하고, 어떻게 서로의 마음이 하나로 공유되는 만남을 가질 수 있을까. 차라리 얼마간 오독할 수밖에 없고, 얼마간 오해하는 게 더 자연스러운 일인지 모른다. 욕심껏 속고 속이는 기만은 사라지지 않을지 모른다.

거울 요법이라 불리는 '적극적 따라 하기'는 이러한 균열을 해결하는 가장 단순하면서도 극적인 대화법이다. 거울처럼 상대방과 나를 일치시키는 것이다. 상대방의 언어, 호흡, 음성, 표정, 동작, 제스처까지 그대로 따라 함으로써 모든 걸 너와 일치시킨다. 일치된 느낌이 한 번, 두 번, 세 번 들 때까지.

일례를 들어보자. 아이에게 6시까지만 놀고 들어와 저녁을 먹으라고 일렀다. 하지만 아이는 10분이 지나고 20분이 지나도 오지 않는다. 아이를 위해 준비한 찌개는 식어서 다시 데워야 한다. 아이는 30분이 되어서야 들어왔다. 그런데 새로 입고 나간 옷이 흙투성이다. 손도 매우 더럽다. 게다가 신나서 떠든다.

"엄마, 아빠, 내가, 죽은 새를, 땅에다 묻어줬어!"

식사 시간에 늦고, 옷은 더럽고, 게다가 죽은 사체 얘기까지 하는 바람에 엄마 입에서 좋은 소리 나오기는 글렀다. 인상을 찡그리며 야단치기 십상이다.

"얼른 씻고 밥 먹어!"

하지만 '적극적 따라 하기'는 아이의 언어, 호흡, 동작 등을 모두 따라하는 것이다. 아이의 언어와 호흡, 흥분한 표정과 동작을 반복해서 따라한다. 저녁 식사는 일체 잊어버리고, 아이의 흥분한 표정과 흙이 묻은 손을 펼쳐 보이는 동작까지 그대로 따라하며 되묻는다.

"그래? 네가, 죽은 새를, 땅에다 묻어줬어?"

이렇게 아이와 언어뿐 아니라 호흡이나 음성, 동작까지 모두 일치시켜야 아이의 현재 상태가 제대로 느껴진다. 아이의 현재 상태를 제대로 느껴야만, 이런 상태의 아이에게 내 메시지를 전하려면 어떻게 전하는 게 최선인지, 그 방법이 자연스럽게 수정된다. 이뿐만 아니라 엄마에게 식사가 중요한 것처럼, 아이에게는 죽은 새에게 무덤을 만들어준 경험이 중요함을 인지한다. "얼른 씻고 밥 먹어!"라는 말이 아무 소용없는 메시지임을 깨닫는 것이다.

거울 요법은 모든 대화에서 활용 가능하다. 심지어 상대방이 내게 거울 요법을 쓰는구나, 하고 간파할 때조차 효과가 있다. 거울 요법은 단순히 내 메시지를 너에게 전달하기 위한 전략적 행동이 아니다. 거울 요법은 너에게 나를 온몸으로 일치시키는 일이다. 즉, 상대방을 지금 모습 그대로 전면 수용하는 행동이다. 일단 나는 내 생각을 괄호치고 상대방에게 온몸으로 집중해야 하고, 상대방의 모든 걸 그대로 따라 해야 하기 때문에 마치 부모를 따라 하는 아이나, 주인을 따라 하는 로봇처럼, 가장 순종적인 자세가 된다.

가장 놀라운 것은 일치되는 느낌을 한 번, 두 번, 세 번까지 반복하다 보면, 내가 보내고 싶던 메시지가 상대방 입장에 맞춰 역지사지되면서 자신도 미처 생각지 못한 표현으로 바뀌게 된다. 일치가 한 번만 이루어지면 도로 자기 메시지가 튀어나오기 쉽지만, 세 번 이상 충분히 일치되면 자연스럽게 상대의 현재 상태에 맞는 변형 메시지가 나타난다. 그래서 세 번 이상 즉, 내 메시지가 역지사지로 수정될 때까지 일치시킬 필요가 있다.

다시 말해 '거울 요법'이란, 내 메시지를 효과적으로 전달하기 위해, 온몸으로 '너-되기'를 실천하는 방법이다. 내 입장만 생각한 첫 메시지를 포기하고 상대방 입장에 맞는 보다 효과적인 변형 메시지를 보내는 작업이다. 상대방을 바꾸기 위해 시도하는 것이더라도 자신이 먼저 바뀌어야 하는 역지사지 작업이다.

좋아하는 사람 앞에서는 이러한 거울 요법이 아주 쉽다. 본능적으로 일어나기 때문이다. 대화를 하다 보면 내가 좋아하는 사람의 동작을 자기도 모르게 흉내 낸 적이 있을 것이다. 동시에 하품을 한다거나 팔짱 낀 자세를 취하는 등 감각적으로 따라 하는 경우가 흔하다. 호감으로 생겨나는 감각적 일치야말로 '적극적 따라 하기'로써 거울 요법의 고전적 샘플이다.

*

모든 사람은 자기만의 서사, 체질, 기억을 갖고 있다. 자기만의 관심과 감정과 생각을 갖고 산다. 자기만의 자의식, 컨디션, 호르몬, 피로를 갖고 있으며, 자기만의 감성, 판타지, 자의식, 감정, 스트레스 등을 갖고 산다.

이러한 차이를 하나하나 다 파악하기란 불가능하다. 하지만 온몸으로 '너-되기'를 하면 나와는 다른 '너'가 온몸으로 느껴지고, 비로소 '너'에게 알맞은 소통 방법이 떠오른다. 마치 상품을 수출할 때는 현지 실정에 맞게 변형하는 경우와 같다.

'적극적 따라 하기'를 통해 역지사지를 하면 내가 먼저 바뀐다. 그 사람의 입장이 되어 보는 경유를 통해 내가 확장된다. 공자는 평생 행할 만한 것으로, 서恕를 꼽았다(其恕乎. 己所不欲, 勿施於人 기소불욕 물시어인 오직 '서'니라. 내가 하기 싫은 일을 남에게 시키지 말라). 예수님도 여러 차례 말했다. "남이 해주기를 바라는 대로 너희도 남에게 해주어라."

거울 요법은 이 가르침을 실제 대화에서 구체적으로 실행하는 방법이다. 이것은 의무나 도덕이 아니다. 가장 현실적이고 효과적이며 이익이 되는 대안이다. 사즉생의 원리를 모르면 실천하기 어려운 도덕률로 느껴지고, 이해하면 하지 않을 수 없는 편리로 느껴진다.

의자를 보면 의자만 보인다. 의자를 보는 것만으로 그 의자에 앉았을 때 보이는 경치까지 알 수는 없다. 역지사지란 의자를 보는 게 아니라, 그 의자에 직접 앉아 느껴보는 것처럼, 나의 정체성이 아니라 너의 정체성으로 너를 느껴보는 것이다.

역지사지를 통해 네가 하는 모든 말은 적어도 너에게 있어서만큼은 자연스럽거나 적절하거나 옳거나 최선이라는 사실을 받아들이게 된다. 그렇지 않고서는 너는 그렇게 말하지 않을 텐데, 그렇게 말하는 것을 보면 지금의 너에게는 가장 자연스럽거나 적절하거나 옳거나 최선일 게 틀림없다.

역지사지가 이루어졌는지 아닌지를 가늠하는 잣대는, 상대방이 무슨 말을 하든 그 말을 하는 순간의 그에게는 옳거나 자연스럽거나 최선이라는 걸 인정하느냐 아니냐이다. 나 역시 그 순간의 너라면 너와 같은 말을 했을 것이라는 전제 하에서, 너에겐 지극히 옳고 자연스럽고 당연한 말이었을 것이라는 공감rapport이 일어난다.

이 공감이 일어나는 순간, 나의 에고가 견지하던 관점은 죽어버린다. 나는, 나와는 다른 대상을 만나야, 비로소 지금까지의 나와는 또 다른 면모를 발견할 수 있다. 라포는 나의 경험을 너의 경험까지 잇는 일이다.

라포 없는 대화는 오해만 불러일으킨다. 라포가 없이는 옳은 말도 도움 되지 않는다. 라포가 형성되지 않았을 때는 라포 형성을 위한 대화부터 해야 한다. 프로이트의 말처럼 "의사와 환자 사이에 특별한 감정적 유대가 흐를 때만 환자는 분석에 필요한 이야기를 하게 된다."

라포가 형성된 깊이만큼 언어는 힘을 발휘한다. 대화를 하려면 라포를 먼저 형성해야 한다. 대화가 얼마나 잘 이루어질 수 있는가의 유일한 열쇠인 라포는, 내가 적극적 따라 하기를 하는 만큼 강화된다.

거울 요법은 '나'의 에고를 해체시키는 방법이자, '너'를 즉시 만나는 방법이자, 온몸으로 만나는 방법이다. 상대를 있는 그대로 수용하는 가장 빠르고 강력한 대화법이다.

5. 적극적 따라 하기 (거울 요법)

1) 상대방의 언어, 음성, 동작, 호흡까지 거울처럼 따라 한다.

2) 상대방과 일치되는 라포(Rapport) 느낌이 세 번 이상 들 때까지 따라 한다.

3) 내 생각문장이 상대방 입장에 맞춰 새롭게 바뀔 때까지 따라 한다.

2부

변화

어떻게 대화를 바꿀까

그게 정말이에요?

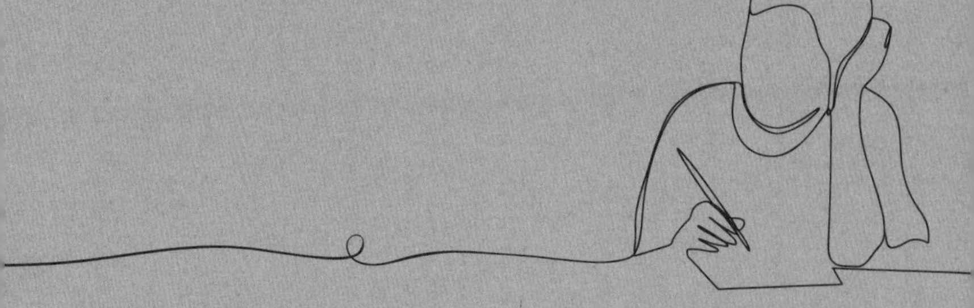

6.

'나'의 문장 바꾸기

1부에서 **1. 적극적 듣기, 2. 적극적 말하기, 3. 적극적 살피기, 4. 적극적 (불)일치하기, 5. 적극적 따라 하기**에 대해 살펴보았다. 제대로 전달되었다면, 독자는 '적극적'이란 말이 나-중심 행동이 아니라, 너-중심 행동임을 알아챘을 것이다. 동시에 대화를 입과 귀로 제한하지 않고, 눈과 몸 전체로 확장해야 함을 느꼈을 것이다.

대화는 '나'와 '너'가 평등하게 말하고 듣는 일이지만, 대화를 잘하려면 '너' 중심으로 대화를 이어가야 한다. 한쪽이 높은 위치에서 갑질하는 불평등한 대화는 좋은 대화가 아니다. 평등한 수평적 위치에서 대화해야 한다. 하지만 제일 좋은 대화법은, 자발적으로 더 낮은 자리에서 대화하는 것이다. 낮은 자리는 고개 조아리는 자리가 아니라 마음이 더 너른 자리다. 열린 마음으로 나를 비우고 너 중심으로, 너의 생각문장뿐 아니라 너의 음성과 몸동작 전체를 수용해야 한다.

나의 말은 삼가고, 너의 모든 걸 받아안아야 한다. 한마디로 '너-되기'를 해야 한다. 온전히 나를 비우고 상대방이 되어봐야 한다. 얼핏 불평등하고, 손해 보는 자세 같지만 몸을 가볍게 한 주자가 달리기에 유리하다. 얼핏 '나-중심'이 아니라 '너-중심'으로 대화를 이끌어 가는 쪽이 대화 주도권을 잃는 듯하지만, 실상은 다르다. '너-중심'이기에 표면 주도권은 네게 주고, 심층 주도권은 내가 누린다.

이때의 주도권은 내 마음대로 대화한다는 뜻이 아니라, 너의 의견을 충분히 이끌어 내는 동시에, 너에게 가장 효과 있는 표현을 내 안에서 이끌어 낼 수 있다는 점에서 그러하다.

누구 탓할 것 없다. 나만 잘하면 된다. 이 간단한 원리가 가장 잘 적용되는 영역이 대화 영역이다. 대화할 때 말이 안 통하는 부류를 만나면 힘들다. 버릇없는 아이, 말귀가 어두운 동료, 엉터리 고집을 끝내 꺾지 않는 친구, 자기 멋대로 행동하는 연인, 일방적으로 고압적인 명령을 하는 어른 등과는 대화가 어렵다.

대화가 어려운 사람과는 헤어지면 그만이다. 상종하지 않는 게 최선이다. 세상엔 사람이 너무 많아서, 내가 좋아하고 내게 도움 주는 사람만 젓가락질 하듯 골라 만나도 평생 다 못 만난다. 나쁜 사람을 만난다는 건, 나쁜 사람을 만나는 피곤만 감수하는 게 아니라, 만나면 좋을 사람을 놓치는 피해까지 자초하는 바보짓이다.

하지만 헤어질 수 없는 사람, 사랑하는 사람일 때가 문제다. 사랑하는 자식이거나 가족, 공동체로 살아가는 동료나 부부일 때가 문제다. 헤어지는 게 나을 것 같지만 헤어질 수는 없는, 이렇게 대화가 안 통하는 사람과는 어떻게 하면 좋을까?

가장 좋은 방법은 대화를 해보는 것이다. 대화가 안 통하는데 대화를 어떻게 하나요? 반문하고 싶겠지만, 모든 대화가 안 통하는 사람은 존재하지 않는다. '너' 중심의 적극적 듣기, 적극적 말하기, 적극적 살피기, 적극적 일치시키기, 적극적 따라 하기를 싫어하는 사람은 없다.

내 감정과 내 의견은 완전히 내려놓고, 상대의 생각과 감정과 욕망까지 빙의하듯 느껴야 한다. 물론 어려운 일이다. 내 감정과 의견을 완전히 내려놓아야 하는 '너-되기'는, 내 갑옷을 벗고 상대방 갑옷을 입어보는 행위여서, 백전백승할 수밖에 없는 전략이다. 이 전략을 상대가 간파할 수도 있는데, 그럼에도 내가 자기 갑옷을 입도록 그냥 내버려 둔다.

왜냐하면 우리가 대화할 때 상대에게 원하는 가장 간절한 바람이 "제발 내 생각, 내 감정, 내 욕망을 이해해 주세요"이니까! '너-되기'는 나를 포기하고 너를 이해하고 존중하려는 행위여서, 이걸 거부할 사람은 아무도 없다.

1부에서 소개한 '너-되기'를 위한 다섯 가지 적극적 방법은 대화를 원하는 사람이 취할 수 있는 가장 겸손한 자세이고 가장 정성스러운 정공법이다. 이 방법을 선택했는데도 개선되지 않을 사랑의 관계란 존재하지 않는다.

다만 단번에 해결되지는 않는다. 한 문장, 한 문장씩 가랑비에 젖듯 변한다. 어떤 사람을 단번에 바꾸는 건 불가능하다. 오직 그 사람이 내 앞에 제시한 당장의 생각문장 하나에 최선을 다해 응대해야 한다. 단 한 번의 대화로 변화를 기대하는 사람은, 단 한 번의 동작으로 건강을 해결하려는 것과 같다. 건강해지려면 숙면도 취하고 운동도 하고 식사도 잘해야 한다. 식사를 잘하려면 한 끼 한 끼 좋은 음식을 골고루, 천천히, 즐겁고 맛있게 먹어야 한다. 한 끼를 잘 먹으려면 한 숟가락 한 숟가락, 한 젓가락 한 젓가락 잘 먹어야 한다.

마찬가지로 대화를 잘하려면 한 문장 한 문장 잘 다뤄야 한다. 언제 한 문장 한 문장 다뤄서 상대 마음을 바꿔놓나 한숨지을 게 아니라 오직 지금 사용하는 한 문장만 잘 다루면 된다는 사실에 감사해야 한다.

다음은 형제간의 갈등 장면이다. 나와 형이 나누는 대화가 서술되어 있다. 제출한 학생에게 물어보니, 실제 대화 그대로라고 한다. 청소와 빨래 문제인데, 읽어보고 판단해 보자.

보기16)

형: 야, 청소 좀 하자. 집 꼴이 이게 뭐냐.

일단 너 식탁 좀 치워봐.

나: 그럼 형은 뭐 할 건데.

형: 난 방 청소할 테니까, 네가 부엌 청소 다하는 셈 쳐서 설거지도 해라.

나: 알았어, 책상 제대로 치워.
죄다 형 전공 책이나 모자 같은 것들이니까.

형: 알았어.

설거지, 식탁 청소를 끝내고.

형: 다했냐?

나: 어.

형: 그럼 책상 좀 치워라.

나: 형이 한다며, 애초에 다 형 물건인데 내가 뭘 알고 치우고 버려.

형: 그냥 대충 모아놔.

나: 그게 무슨 청소야.

형: 그래도 조금 깔끔해 보이긴 하잖아.

나: 그렇긴 하지.

형: 그리고 아까 보니까 빨랫감도 쌓였더라.

세탁기도 좀 돌리고.

나: 대체 형은 뭘 하는 건데.

형: 알았어. 네가 세탁기 돌리면 내가 널어놓을 테니까.

나: 잊지 마.

형: 응응.

세탁기가 다 돌아가고.

형: 야, 진짜 미안한데 나 친구 만나러 나가야 돼서. 빨래 좀 널어주라.

나: 형이 한다며.

형: 내가 하려고 했는데 약속이 잡혀서. 미안하다. 나중에 맛있는 거 사줄 테니까.

나: 맛있는 건 필요 없으니까 다음부터는 나랑 같이 청소하자고 하지 마.

3일 뒤.

형: 야, 청소 좀 하자. 집 꼴이 이게 뭐냐.

나: 응.

1) 누가 더 잘못했는가? 2) 누가 무엇을 잘못했는가? 3) 어느 쪽이 어떻게 고쳐야 갈등이 풀릴까? 아마도 대답은 다음과 같을 것이다.

1) 형이 문제다. 형이 더 잘못했기 때문이다. 2) 형이 약속을 너무 쉽게 어긴다. 동생도 제대로 대응하지 못하긴 했다. 3) 형이 먼저 바뀌어야 한다. 형은 약속을 지켜야 한다.

두 사람 사이에 갈등이 생겼을 경우, 살펴보면 대부분 두 사람 모두 뭔가 잘못하고 있기 일쑤다. 특히 어느 한 쪽이 어느 한 쪽보다 더 큰 잘못일 경우가 많다. 가령 A와 B 사이에 갈등이 생길 경우 A는 매우 잘못했고, B는 상대적으로 덜 잘못했다. 그러면 우리는 A가 먼저 사과하고 A가 먼저 바뀌어야 한다고 생각한다. A가 먼저 사과하고 바뀌기 전까지 B는 A에 대한 비난을 멈추지 않는다.

이러한 방법은 마땅한 것 같다. 왜냐하면 더 잘못한 쪽이 더 문제이고 더 사과해야 하는 것은 자연스러운 일 같다. 하지만 이런 방법으로는 문제가 풀리지 않는다. 한번만 더 생각해 보자. 무거운 짐을 든 사람이 짐을 옮기기 쉬운가, 아니면 가벼운 짐을 진 사람이 짐을 옮겨놓기 쉬운가. 가벼운 사람이다. 문제가 많은 사람이 문제를 고치기 쉬운가, 문제가 적은 사람이 문제를 고치기 쉬운가. 적은 쪽이다.

만약 어떤 사람이 스스로의 문제를 먼저 고치지 못한다면 그것은 바로 자신의 문제가 더 크다는 나름의 솔직한 고백을 하는 것이다.

형은 두 번이나 약속을 어겼다. 이 잘못은 매우 크다. 분명 형만 약속을 지키면 아무 갈등이 벌어지지 않을 상황이다. 형이 일단 잘못을 저질렀다. 첫째, 방 청소와 책상 청소를 하지 않았다. 둘째, 빨래건조 약속을 지키지 않았다. 셋째, 동생이 따지자 자기 잘못을 인정하고 사과하기보다는 얼렁뚱땅 넘어가기 바빴다.

만일 동생에게 잘못이 있었다면, 그러한 형의 태도에 제대로 반응하지 못한 것뿐이다. 우선, 형이 약속대로 청소를 하지 않았을 때, 약속대로 청소하지 않은 사실에 대해 정확히 따졌어야 했다.

형: 다했냐?

나: 어.

형: 그럼 책상 좀 치워라.

나: ① 형이 한다며, 애초에 다 형 물건인데 내가 뭘 알고 치우고 버려.

형: 그냥 대충 모아놔.

나: 그게 무슨 청소야.

형: 그래도 조금 깔끔해 보이긴 하잖아.

나: ② 그렇긴 하지.

①에서 동생은 핵심 문제를 짚었어야 했다. 즉, "형이 한다며, 왜 약속을 안 지켜?"라고 약속 어긴 사실을 따졌어야 했다.

애당초 담당 영역을 나눴으니까, 책상 물건이 누구 물건이냐 와 상관없이 형이 할 일이다. 하지만 동생은 누가 그 물건의 주인이냐로 논의 초점을 돌리고 말았다.

이어서 형이 대충 모아놓으라고 한다. 동생이 그게 무슨 청소냐고 따진다. 이때도 청소하기로 약속했으니 청소를 해놓으라고 요구하는 게 마땅하다. 하지만 "(모아놓기만 해도) 깔끔해 보이긴 하잖아"라고 형이 말하자, ②에서 "그렇긴 하지"라고 맥없이 물러나버린다. "그건 처음 약속과 다르잖아?"라고 짚었어야 했다.

빨래할 때도 마찬가지다. 형이 약속을 어긴 다음, 나

중에 맛있는 거 사주겠다고 둘러댄다. 그렇게 둘러대지 말고, 약속을 지키라고 말했어야 했다. 약속을 어긴 잘못을 시인하게 만든 다음, 약속을 반드시 지키겠다는 약속과 함께, 적절한 보상을 요구하는 협상 멘트를 던졌으면 좋았을 것이다. "두 번이나 내가 다 양보했으니까 돼지갈비로는 안 돼. 한우 등심을 사!" 아니면 "들어올 때 나 이것 좀 사다 줘!"라고 말이다.

사실 형의 "미안하다. 나중에 맛있는 거 사줄테니까"라는 나름 자기 잘못을 인정한 것이고 타협안을 제시한 것이다. 그런데 동생은 이 협상 기회를 놓쳐버린다.

형: 내가 하려 했는데 약속이 잡혀서. 미안하다. 나중에 맛있는 거 사줄 테니까.

나: ③ 맛있는 건 필요 없으니까 다음부터는 나랑 같이 청소하자고 하지 마.

③과 같은 일은, 어쨌거나 같이 살아야 하는 한, 지키기 어렵다. 그럼에도 동생이 이처럼 신경질적으로 허언을 한 까닭은, 겉으로만 보면 약속을 안 지키는 형 때문이다. 그러나 심층적으로 보면 ①②에서 너무 안

일하게 물러난 반작용일 가능성이 높다.

결국 동생은 얻은 것 하나 없이, 고작 신경질 한번 내고 만 것이다. 바보스럽게 착한 일 하고 못나게 화낸 꼴이 되고 말았다.

만약 ①②③에서 보다 나은 생각문장으로 말했더라면 어땠을까. 동생이 다르게 반응했더라면, 형의 대사나 태도 역시도 다르게 바뀌었을 것이다.

동생이 다르게 말하기를 했다면 형도 다르게 말했을 것이고, 그렇다면 위에 존재하는 형은 사라지고, 다른 형이 나타났을 것이다. 상대방의 말하기 방식을 바꾸는 방법은 상대방에게 바꿔달라고 요구하는 게 아니라, 내가 먼저 말하는 방식을 바꾸는 것이다. 그러면 상대방이 바뀌지 않으려고 해도 자기도 모르게 바뀔 수밖에 없다.

극단적인 경우는 내가 어떻게 말해도 바뀌지 않는 사람도 있다. 그래도 좋다. 설령 상대방이 바뀌지 않아도, '나'가 바뀌면 그것만으로도 '나'에겐 좋은 일이다. 가령, 위의 보기는 실제 대화 그대로라고 한다. 물론 형제간의 우애는 특별히 나쁘지 않다고 한다. 하지만 위의 대화방식을 그대로 유지하면 동생은 바깥에 나가 사회생

활할 때도 같은 패턴의 불화를 겪을 가능성이 높다.

별다른 위계나 강제도 없는 상태인데, 두 사람이 문제가 되는 동일한 불평등 대화를 반복적으로 이어간다면, 대부분은 짝패 관계일 가능성이 높다. 위의 예문에서 형은 어르고 눙치는 공격적 '퍼소나'를 사용하고, 동생은 당하면서도 그대로 받아들이는 수동적 '퍼소나'로서 짝패를 이루고 있다. 하지만 동생 스스로 더는 이러한 대화법을 받아들이지 않는다면, 자기 안의 수동적 퍼소나를 극복하는 더없이 좋은 훈련 기회가 될 것이다. 의도했든 하지 않았든 형은 내게 더없이 좋은 공부 기회를 제공하고 있는 셈이다.

*

이번엔 신혼부부의 대화 예문을 살펴보자. 이 예문 역시 함께 글쓰기를 공부하는 동인이 제출한 대화문이다. 아내는 회사원이고 남편은 약사다. 두 사람의 대화에서 아쉬운 부분, 수정하면 좋을 부분을 짚어보자. 누구의 대화가 더 좋고, 누구의 대화가 더 나쁜가? 이걸 따질 필요는 없다. 인과응보의 관점에서 보면 더 나쁜 사람이 변해야 하지만, 현실에선 언제나 더 착하고 더 열려 있는 사람이 먼저 변한다. 이런 인과응보가 어쩌면 더 좋은 인과응보 아닐까.

이 예문을 제출한 동인은 아내이기 때문에 우선 아내 관점에서만 살펴보겠다. 나만 잘하면 대화는 바뀐다. 아내의 대화문은 홀수 문장들이다. 홀수 문장 중에서 수정하고 싶은 문장을 꼽아보자.

보기17) 반찬에 대해서

저녁 식사 중

① **아내:** 우리 집에서 가져온 반찬은 왜 안 먹어?
② **남편:** 먹었는데.
③ **아내:** 에이, 무슨. 자기 집 반찬만 계속 먹고 있잖아.
④ **남편:** (눈치 보며) 아니야. 아까 먹었어.
⑤ **아내:** 자기 집 반찬은 엄청 챙기면서 우리 집 반찬은 천대하더라.
⑥ **남편:** (실소하며) 오버한다. 장모님이 내가 안 먹는 걸 갖다 주시니깐. 내 체질에 맞는 걸로 갖다주시면 먹지.

⑦ 아내: 무슨. 지난번 식당가서 보니깐 고기 잘만 먹더라. 나한테는 소고기는 체질에 안 맞아서 안 먹는다고 하더니 잘만 먹던데.

⑧ 남편: 식당에서는 어쩔 수 없이 먹는 거고.

⑨ 아내: 식당 반찬은 어쩔 수 없이 먹고 우리 집 반찬은 쉬어터져서 그냥 버리고?

⑩ 남편: (작은 목소리로) 아니, 장모님이 조미료도 좀 치시는 거 같고.

⑪ 아내: (더 불끈) 식당 반찬 다 조미료 들어간 거거든.

⑫ 남편: 그러니깐 집에서는 깨끗한 음식으로 해독을 해야지.

⑬ 아내: 나는 뭐 자기 집 음식 입맛에 맞아서 먹나?

⑭ 남편: 아니, 입맛에 맞고 안 맞고가 아니라 어머님 조리법이 너무 달고 짜고 맵고 하니깐. 딱 애들 입맛이야.

⑮ 아내: 우리 식구들 지금까지 잘 먹고 살았거든.

⑯ 남편: 그러니깐 아버님 당뇨에 당신 아토피기에 천식까지 생긴 거지.

⑰ 아내: (붉으락푸르락) 엄마가 힘들게 준비해서 갖고 왔는데……. 그게 참 할 소리다.

⑱ 남편: 아니 사실이니깐.

⑲ 아내: 음식을 정성으로 먹는 거지. 꼭 맛으로만 먹나?

나도 자기 집 음식 입맛에 안 맞거든.
그래도 어머님이 애써서 보내주신 거 버리지
않고 다 먹으려고 하는데 말이야.

⑳ 남편: …….

㉑ 아내: (선언하듯이) 자기는 자기 집 반찬 먹어.
난 우리 집 반찬 먹을 테니깐.

㉒ 남편: 아, 알았어. 다음엔 우리 집 김치 꺼내지 말고
장모님이 주신 김치 꺼내도록. 우리 집 김치는
김치찌개로 먹고.

일단 아내의 대화문을 보면 ③번 문장이 아쉽다. 왜냐하면 앞서 ②번 문장에서 남편이 먹었다고 말했다. 그러면 ③번 문장에서는 "아, 먹었구나" 하는 듣기가 이루어져야 한다. 믿어지지 않으면 "언제 먹었어?"라고 물어봐야 했다. 듣기조차 충분히 이뤄지지 않은 것이다.

⑤번 문장도 문제인데, 자기 집 반찬은 "엄청 챙긴다" 반면에 우리 집 반찬은 "천대"한다고 표현한 것은 과도한 언어 선택이다. "자기 집 반찬은 잘 먹지만, 우리 집 반찬엔 손이 안 가는 거 같아" 정도의 표현이 적

절했다. ①번 문장도 아쉽다. "왜 안 먹어?"라는 부정문으로 대화를 시작하는 바람에 기껏해야 안 먹는 이유를 끌어낼 수 있을 뿐이다. 우리 집 반찬도 먹어보라는 권유가 목적이므로, ①번 문장은 "우리 집 반찬 좀 먹어봐, 이거 진짜 맛있어. 내가 좋아하던 거야" 같은 긍정문으로 바꾸어 표현하는 것이 훨씬 효과적이다. "자기 집 반찬도 맛있다, 근데 이거 우리 집 반찬인데 어릴 때 내가 엄청 좋아했던 거야!" 정도면 더 좋겠다.

아내의 대사도 아쉽고 남편의 대사도 아쉽다. 다만, 위의 대화문은 아내가 작성한 것이고, 아내 스스로 자기 언어를 탐구하기 위해 제출한 예문이어서, 아내 문장을 살폈다. 이러한 지적은 아내 스스로 분석하고 판단했기에 도달할 수 있었던 진실이다.

만약 남편 쪽에서 이렇게 지적한다면 그건 싸움을 확장시키는 남 탓 행위이고 공격이 되어버린다. 진실은 스스로 선택하면 빛나는 진실이 되지만, 타인이 강요하면 끔찍한 억압이다.

제3자나 남편이 이 대화문을 분석한다면, 아내의 문장을 통해, 문장 속에 숨겨져 있는 아내의 기분과 감정을 읽어내는 게 먼저다. 사람은 기분과 감정에 따라 문장을 다르게 만든다. 기분이 좋지 않으면, 새소리 가득한 숲에 가서도 "벌레가 많다!"라고 투덜거리고, 기분이 좋으면 늪에서도 "수면에 비친 하늘이 참 예쁘다!"라고 감탄한다.

남편 쪽에서 대화문을 살필 목적이면 ②④⑥…… 자기 문장 중심으로 살펴야 한다. 마찬가지로 아쉬움을 발견할 수 있다. ⑤에서 아내가 아쉬움을 강하게 표현했는데, ⑥에서 남편은 "오버한다"라고 단정하며, 실소까지 보탠다. 기실 ②④문장에서도 아내 감정은 읽지 않고 단답형으로 받아치고 있다.

이렇게 쌍방 모두 더 나은 생각문장을 사용하지 않고 있는 상태에서 내 문장이 아니라 상대문장을 살피면, 내 잘못은 덮고 네 잘못만 확신하는 고착을 자초하게 된다. 다행히 예시문을 제출한 동인이 웃으며, "매우 심각하게 논쟁한 게 아니라 지나가는 가벼운 사랑싸움 정도로 옥신각신한 정도였는데, 글로 써서 읽으니까 무척 심각한 것 같네요"라며 전체 분위기를 교정해 주었다. "하지만 이렇게 써서 읽으니까 정말 단어 하나, 문장 하나 다 바꾸고 싶네요"라고도 보태주었다.

글쓰기 모임에서 각자의 갈등 대화신Scene을 글로 적어 살피는 연습을 했는데, 정말 글로 써서 놓고 보면, 그제야 명확히 보인다. 평소 조금만 마음을 열면 얼마든지 더 나은 문장을 쓸 수 있는데, 그러지 않고 사는 걸 확인할 수 있다. 그만큼 우리 자신이 생각문장을 함부로 사용하는 언치이면서, 상대방 언어에 대해 그만큼 너그러이 받아들이며 사는 것 같다.

하지만 대화가 자꾸 갈등을 야기하는 것이 고민이라면, 그런 대화 속 관계를 개선하고 싶다면, 직접 대화신을 녹음하듯 종이에 써본 다음, 오직 자기 언어만 살펴보는 작업을 해볼 필요가 있다. 갈등 대화를 글로 옮겨놓고 '나의 문장 바꾸기'를 해보면, ❶우리 자신이 얼마나 허투루 말하기-듣기를 해왔는지 새삼 확인할 수 있다. 특히 갈등이 일어날 경우 ❷어느 한 쪽만 일방적으로 잘못을 했기 보다 양쪽 모두 잘못이 있었다는 걸 발견할 수 있고, ❸한쪽이 일방적으로 잘못하더라도 그에 대한 반응은 언제나 무한한 대화신을 가지고 있고, 만일 갈등으로 이어졌다면 그것은 나의 반응에도 문제가 있었다는 사실을 반증한다. 아니, 나의 반응에도 문제가 있었다는 표현보다는, 더 나은 반응 방법이 있었다는 표현이 적절하겠다.

나아가 ❹잘못이 많은 쪽이 아니라 적은 쪽이 먼저 말하고 듣는 태도를 바꿔어야만 갈등이 쉬이 풀렸다! 더 많이 잘못한 쪽이 바뀌는 것보다 더 적게 잘못한 쪽이 바뀌는 게 쉽고 빨랐다. 결국 먼저 바뀌는 쪽이 사실은 더 적게 굳어버린 사람이니까. 보통은 더 잘못한 사람이 먼저 사과해야 하지만, 더 잘못한 사람일수록 더 잘못된 사고에 빠져 있기 때문에 사과도 늦다. 실제로는 덜 잘못한 쪽이 먼저 사과하는 게 문제를 푸는 지름길이다.

하지만 가장 놀랍고 기쁜 사실은 ❺나의 문장만 바뀌면, 상대방 문장도 바뀌기에, 이제까지 갈등을 일으킨 상대 모습이 사라진다는 사실이다. 결국 ❻나의 문장이 바뀌면 상대도 바뀐다. 모든 변화의 시작은 언제나 '나'일 수밖에 없고 '나'여야 한다는 사실을 다시금 확인할 수 있다. 내 한계를 네가 지적하는 건 좋지 않지만, 내 한계를 스스로 인지하는 건 더없이 좋은 일이다.

❼그러나 나의 문장을 바꾼다는 건 간단한 일이 아니다. 그것은 나의 언어 능력, 다시 말해 생각하기 능력까지 바뀌어야 가능하다. 결국 ❽평소 더 열심히 읽기

쓰기 공부를 하지 않을 수 없다. 비록 당장 나의 문장이 바뀌지는 않더라도 갈등이 발생하면 상대 탓으로 감정과 시간을 낭비하는 게 아니라 ❾그것을 고칠 수 있는 주체적 선택이 나 자신에게 달려 있다는 사실을 인정하자. 이것만으로도 다시 대화가 기다려진다.

6. '나'의 문장 바꾸기

1) 나와 너의 대화를 녹음하듯 받아 적는다.

2) 오직 나의 문장만 맨 마지막 문장부터 역순으로 체크, 더 나은 생각문장으로 바꿔본다.

3) 나의 문장을 더 나은 생각문장으로 바꾼 다음, 그 문장으로 너의 문장이 바뀔 수 있는지 체크해 본다.

7.

'너'의 문장 바꾸기

대화는 둘이 쓰는 글쓰기다. 적극적 듣기를 통해 상대가 과장되거나 부정확한 어휘를 사용하면 보다 적절하고 알맞은 어휘로 바로잡아 교정해 주고, 지나치게 부정적으로 말하면 긍정적으로 말하도록, 애매하게 말하면 구체적 제시문으로 표현할 수 있도록 전환시켜줄 수 있다. 이때 주의할 건 보다 구체적으로, 그리고 보다 긍정적으로 전환시켜야 한다는 점이다.

먼저 어휘를 교정할 수 있다. 과도한 단어는 다운시키고, 과소한 단어는 업시킨다. 진실을 왜곡하거나 해치지 않는 범위 내에서, 조금이라도 더 나은 단어로 바꾸는 것이다.

보기18) 어휘 교정

1. 청킹 체인지	
그 친구는 불쾌해	▶ 그 친구가 불편하구나?
벌레가 무서워	▶ 벌레가 징그럽지?
택시 타기 너무 겁나	▶ 그래, 택시 탈 땐 주의해야 돼
그 생각에 계속 몰두하고 있었어	▶ 그 생각에 자꾸 집착하게 되나 보구나?
너무 게으르게 지냈어	▶ 한가했나 보구나?

2. 청킹 다운	
학교 가기 싫어	▶ 학교가 재미없구나?
배고파서 짜증나	▶ 배고프니까 귀찮지?
엄마는 너무 엉터리야	▶ 엄마의 어떤 점이 그런 거 같아?
넌 맨날 약속을 안 지켜	▶ 그러게, 또 늦고 말았네
넌 고집불통이야	▶ 자기주장이 강하긴 하지

3. 청킹 업	
이 머리핀 줄까?	▶ 넌 정말 욕심이 없구나!
너무 웃긴 거 있지	▶ 마음의 여유가 생겼나 보구나?
알고 보니 아주 나쁜 놈이더라니까	▶ 날강도가 따로 없구나!
조금은 알 거 같아	▶ 넌 이해가 빨라서 좋아!?
시작해 볼까 해	▶ 넌 계속 변화를 꾀하는 모습이 좋아

'너'의 문장 바꾸기는 너의 문장을 반복하되, 더 나은 쪽으로 변형시키면서 가능해진다. 특히 긍정문으로 전

환시키거나 구체적인 제시문으로 환기시켜 내용을 구체화한다. 다음은 7가지 '너'의 문장을 어떻게 바꾸는지 예로 든 것이다.

보기19) 문장 교정 - 구체적 제시문, 긍정문

1. 나는 저 영화 싫어

→ 저 영화는 보고 싶지 않군요? (구체적 제시문)

→ 어떤 점에서 저 영화가 싫으신가요? (구체적 제시문)

→ 저 영화에 대한 문제점을 알고 있군요? (긍정문)

→ 당신이 좋아하는 영화는 어떤 영화인가요?
(구체적인 제시문, 긍정문)

→ 당신이 보고 싶은 영화는 따로 있나 보군요? (긍정문)

→ 당신은 영화에 대한 호불호가 분명한 편이군요? (긍정문)

2. 그 친구는 지나치게 수다스럽다

→ 수다스러운 거예요?
아니면 말이 많은 거예요? (구체적 제시문)

→ 수다스러워요? 장소도 안 가리고,
비밀도 안 지키나요? (구체적 제시문)

→ 그 친구가 얼마만큼 수다스러운데요? (구체적 제시문)

→ 그 친구가 어떻게 수다스러운데요? (구체적 제시문)

→ 그 친구의 수다가 어떤 점에서 불편한가요? (구체적 제시문)

→ 그 친구, 매우 말하기를 좋아하나 보군요? (긍정문)

→ 무척 솔직하군요? 속내를 감추지 않는 성격이군요? (긍정문)

→ 사람들과 마음을 터놓고 얘기하는 걸 좋아하는군요? (긍정문)

→ 이야기하는 걸로 스트레스를 푸는군요? (긍정문)

3. 내 상사는 나의 진가를 인정하지 않는다

→ 어떤 점을 인정받지 못했어요? (구체적 제시문)

→ 인정받지 못한 경우가 자주 있었나요? (구체적 제시문)

→ 다른 사람의 경우는 어땠나요? (구체적 제시문)

→ 칭찬에 인색한 게 아닐까요? (긍정문)

→ 기대치가 매우 높은 게 아닐까요? (긍정문)

→ 나의 가능성을 매우 높게 보아주는 게 아닐까요? (긍정문)

→ 당신의 진가가 당신 상사의 수준을
넘어서는 게 아닐까요? (긍정문)

→ 적어도 당신은 당신의 진가를 알고 있군요! (긍정문)

4. 우리 아빠 엄마는 언제나 내 일에 간섭한다

→ 엄마 아빠가 어떤 걸 간섭하나요? (구체적 제시문)

→ 아빠가 매번 간섭하나요? (구체적 제시문)

→ 가장 간섭이 심한 때는 언제인가요? (구체적 제시문)

→ 계속 관심을 기울이고 계시군요? (긍정문)

→ 자녀 걱정을 많이 하시군요? (긍정문)

→ 생각이 많으신 부모님이군요. 엄마 아빠가 무척 관심을 많이 기울이시나 봐요? (긍정문)

→ 엄마 아빠가 당신에게 무척 자상한 편인가 봐요? (긍정문)

→ 본인 스스로 독립적으로 생활하고 싶은가 봐요? (긍정문)

→ 자율적으로 결정할 때가 왔나 봐요? (긍정문)

5. 사무실에서 어떤 일이 잘될 때마다 공은 모두 그에게 돌아간다

→ 매번 그랬나요? (구체적 제시문)

→ 그에게만 돌아가나요? (구체적 제시문)

→ 최근에 가장 심한 경우는 언제예요? (구체적 제시문)

→ 당신이 이룬 성과가 많은가 보군요? (긍정문)

→ 당신은 일을 잘하면서도
스스로 내세우는 성격은 아니군요? (긍정문)

→ 사무실에선 일이 잘되면 보상을 주는군요.
당신에게도 차례가 오긴 오겠군요? (긍정문)

6. 내 가족은 내가 하는 어떤 일에도 고마워할 줄을 모른다

→ 고맙단 말로 표현하지 않아도 이미 당신이 알고 있다고 생각하는 건 아닐까요? (긍정문)

→ 가족을 돕는 일에 익숙해져 있나 봐요? 공기처럼 자연스러운 일이어서 못 깨닫나 봐요? (긍정문)

→ 당신은 가족을 위해 좋은 일을 많이 하고 있군요. (긍정문)

→ 당신은 당신 가치를 충분히 알고 있군요. (긍정문)

7. 아무도 나를 이해하지 못해요

→ 어떤 점에서요? (구체적 제시문)

→ 어떤 점들을 이해받지 못했다고 생각해요? (구체적 제시문)

→ 그런 생각이 가장 들 때가 언제예요? (구체적 제시문)

→ 적어도 당신은 당신을 이해하고 있군요? (긍정문)

→ 사람이 사람을 이해하는 것은 쉬운 게 아니겠죠? (긍정문)

→ 당신은 누군가를 이해하는 노력을 해본 적이 있을 것 같군요. (긍정문)

→ 내가 나를 이해하는 것도 어려운데, 타인을 이해하는 건 더 어려운 일이긴 하죠? (긍정문)

→ 당신은 아무나 쉽게 당신을 이해 못 할 만큼 독특한 개성이 있는 게 아닐까요? (긍정문)

→ 당신은 매우 특별해서 아무나 이해하기 어려운 게 아닐까요? (긍정문)

→ 아인슈타인이나 에디슨 역시 주변에서 이해받지 못할 때가 많았지요. (긍정문)

→ 이해받지 못하는 예술가들이 많지요. (긍정문)

→ 특별한 길을 걸었던 사람은 대부분 처음엔 주변 사람들로부터 이해받지 못하죠. (긍정문)

→ 주변 사람들로부터 이해받지 못한 만큼, 당신은 주변 사람들이 어떤 생각에 빠져지내는지 알고 있을 것 같군요. (긍정문)

7. '너'의 문장 바꾸기

1) 너의 단어를 보다 나은 단어로 청킹(Chunking) 한다.
2) 너의 문장을 보다 나은 문장으로 리프레이밍(Reframing) 한다.
3) 너의 화제를 보다 나은 화제로 바꾼다.

8.

문제 분리와 브레인스토밍(Brainstorming) 하기

대화는 '너'와 '나'가 한 문장씩 교대로 이어가는 행위다. 너는 너의 생각을 말하고 나는 나의 생각을 말하며 함께 마음을 섞고 풀어가는 게 대화지만, 그렇다고 해서 상대방 문제를 해결해 주는 것이 대화인 건 아니다. 자녀와의 대화에서 흔히 일어나는 일인데, 상담자가 내담자의 고민을 해결해 주는 자체가 내담자 스스로 문제 풀 기회를 막는 꼴이 되기 때문이다.

세상엔 자기 아이에게 옳은 말을 해주지 못하는 부모도 있다. 그런 부모보다는 아이에게 옳은 말을 해주는 부모가 훨씬 낫다. 그러나 아이에게 옳은 소리를 해주는 부모보다는 아이 스스로 옳은 소리를 할 수 있도록 기다려주는 부모가 훨씬 낫다. 아이 스스로 깨닫고 표현할 수 있는 옳은 말을, 부모가 먼저 해버리는 건, 아이 옷이 예쁘다고 뺏어 입는 부모만큼이나 좋지 않다.

대화든 문제든 상대 스스로 해결하도록 기다려야 한다. 상담자가 내담자 문제를 해결해 줄수록 두 사람은 의존적 관계가 된다. 내담자는 자신의 문제를 스스로 해결할 기회를 잃고, 자기 문제를 풀 수 있는 힘을 상담자에게 이양할 것이고, 상담자는 내담자의 문제를 자기(상담자) 방식대로 푸는 기회를 누릴 것이다.

내담자는 상담자에게 의존하면 의존할수록 유사 사랑을 느끼며 비주체적으로 변하고 상담자 역시 내담자에게 도움을 주면 줄수록 자기 뜻대로 힘이 행사되는 자기애를 누린다. 이런 전이와 역전이는 얼핏 친밀한 애정 관계처럼 비치지만 불구의 관계다.

이런 의존관계는 거의 모든 관계에서 발생한다. '나'가 '너'보다 더 나은 생각문장을 구사하는 순간, '나의 의견'은 그만큼 더 존중받고 결정권도 강화된다. 의존관계를 경계하려면, '너'의 문제를 '나'가 풀지 말고, '나'의 문제를 '너'가 풀지 말아야 한다. 언제나 스스로 문제를 풀도록 해야 한다. 문제를 문제의 주체에게 돌려

주는 일이 우선되어야 한다.

우선 '나의 일'과 '너의 일'을 명료하게 나눠야 한다. 바이런 케이티는 세상의 모든 일을 세 종류로 나눈다.

"우주에는 오직 세 가지 일만이 있습니다. 나의 일, 남의 일, 신의 일. 신이라는 말 대신 자연이나 현실을 넣어도 상관없습니다."

세상일에는 나의 일, 너의 일, 신의 일 세 가지가 있다. 나는 나의 일을, 너는 너의 일을 스스로 풀어야 한다. 나의 일은 나의 것이어서 나의 일을 푸는 주체는 나 자신이어야 한다. '나'의 문제는 내가, '너'의 문제는 네가 그리고 공통의 문제는 함께 푼다.

이때 '나'의 문제는 나의 문제로 표현하고, '너'의 문제는 공감해 준다. 공감 외의 행동은 취하지 않는다. 그리고 공통의 문제는 함께 제3의 방법을 브레인스토밍으로 찾아봄으로써 사고력 향상의 기회로 삼는다.

부모들은 수시로 자녀 문제에 개입한다. 토마스 고든에 따르면 부모 자식 간의 문제는, 부모의 문제, 아이의 문제, 그리고 양쪽 모두와 관련된 문제 이렇게 세 종류로 나뉜다. 따라서 부모의 문제는 부모인 내가, 아이의 문제는 아이가, 양쪽 모두에게 관련된 문제는 "제3의 방법"을 찾는다.

제3의 방법을 찾는 일은 수고롭지만, 서로의 협력과 애정 관계를 돈독히 하고, 아이 사고력까지 키울 수 있다. 함께 브레인스토밍을 시작하는 것이다. 방법은 간단하다. 부모가 아이에게 "함께 머리를 맞대고 좋은 해결 방법을 생각해 보자"라고 제안하기만 하면 된다.

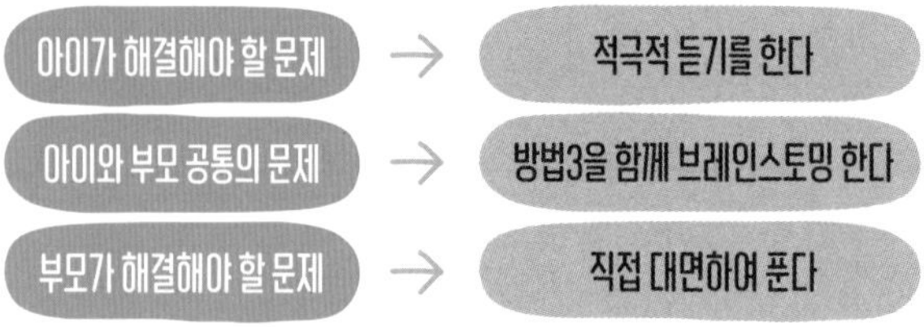

일테면 아이는 반바지를 입겠다고 하는데, 일기예보를 접한 엄마가 보기엔 춥고 감기 걸릴 것 같다. 그래서 긴 바지를 입히려고 하지만 아이는 반바지만을 고집한다. 어떡하면 좋을까?

우선 이 문제가 아이의 문제인지 부모의 문제인지 가늠해야 하는데, 무척 애매하다. 분명 아이 자신의 일이므로, 아이에게 일기예보를 설명해 준 다음, 아이 선택에 맡기는 게 정석이다.

부모가 하는 아이의 감기 걱정은 이해 가지만, 감기는 아직 일어나지 않은 일이고, 일어날지라도 그건 아이의 일이다. 아이 스스로 감기에 걸려보는 것이 판단력 향상이나 체력 향상에 더 도움 될 수도 있다.

하지만 아이가 저학년이라면, 혹은 체력이 약하다면, 부모 입장에서는 아이의 건강까지 살피지 않을 수 없다. 만약 아이의 일이면서 부모도 걱정해야 할 공통의 문제로 판단되면, 브레인스토밍으로 '방법3'을 찾아야 한다.

엄마: 이 (긴) 바지 입자!

아이: 싫어, 나 이 (짧은) 바지 입을 거야!

엄마: 날씨 추워서 감기 걸려.

아이: 그래도 나 이 (짧은) 바지 입을래!

우선, 적극적 듣기를 한다. "이 (짧은) 바지가 입고 싶구나?" "이 (짧은) 바지가 좋아?"라든가, "이 (짧은) 바지를 왜 입고 싶은데?" 같은 질문으로 아이 의견을 듣는다.

아이가 색깔이 마음에 든다거나, 예뻐서 마음에 든다거나, 친구가 예쁘다고 했다거나라는 대답을 하면, 그에 상응하는 질문을 해야 한다.

"난 이 바지도 예쁜데, 넌 어때?"

아이가 제안을 받아들이지 않으면 적극적 말하기로 보충해 본다. 우선 일기예보를 설명하고, 감기 걱정을 나-메시지로 전달한다. 그런데도 아이가 거절하면, '방법3'을 찾아야 한다.

"넌 이 짧은 옷이 좋다고 하고, 나는 네가 추워서 감기 걸릴까 걱정되고, 어떻게 해야 할까? 좋은 방법 없을까?"

'방법3'을 찾는 방법은 간단하다. "어떻게 해야 좋을까? 다른 방법이 없을까?"라고 질문하면 된다. 너무나 단순한 이 질문은, 함께 브레인스토밍하게 만드는 마술 같은 제안이다.

"오늘 뭐하고 놀까?"를 좋아하는 사람과 함께 사랑해본 경험이 있는 사람이라면 알 것이다. 나와 너가 가장 행복한 순간은 하나의 문제를 두고 함께 자유롭게 브레인스토밍해 보는 시간이다. 이 순간이야말로 두 마음이 따로 또 같이 창작하고 따로 또 같이 여행하는 순간이다.

긴 바지를 가방에 넣어갈 수도 있고, 짧은 바지를 입되 따뜻한 외투를 하나 더 걸칠 수도 있고, 일단 입고 가지만 추우면 선생님에게 말해서 체육복을 입는 방법도 있을 것이다. '제3의 방법'은 생각만 해보면 얼마든지 많다. 따라서 브레인스토밍을 할 때는 생각할 시간을 충분히 줘야 한다. 또한 뇌 활동을 위축시켜선 안 되기 때문에 뭐든 긍정해야 한다. 그 어떤 생각이든 일단은 자유롭게 떠올리고, 그것이 말도 안 되는 비현실적인 대안일지라도 대안 중에 하나로 인정해야 한다. 아니 엉뚱한 대안을 떠올릴수록 좋다. 그만큼 그 자체를 즐길 수 있기 때문이다.

가령, "엄마가 긴 바지를 갖고 학교 앞에서 종일 서 있을게"라고 말해줄 수 있을 것이다. 그 순간 아이는 엄마가 얼마나 걱정하는지 이해하고, 양보할지도 모른다.

함께 '브레인스토밍 하기'는 대화에서 일종의 축제 같은 시간이다. 어떤 대안을 찾기 위한 브레인스토밍이지만, 최선안을 찾아내기 위해서는, 브레인스토밍을 하는 동안만큼은 그 어떤 공상도 모두 인정하고 즐겨야 한다. 모든 허황되고 틀린 대안도 인정해야 한다. 떠올릴 수 있는 모든 대안을 떠올린 다음, 최종안을 골라야 하는 순간에 이르렀을 때 현실로 돌아오는 게 좋다.

8. 문제 분리와 브레인스토밍 하기 (역할 훈련)

1) 문제를 나의 문제, 너의 문제, 공통의 문제로 나눈다.

2) 나의 문제는 나-메시지의 '적극적 말하기'로 명확히 표현하고, 너의 문제는 '적극적 듣기'로 공감만 해준다.

3) 공통의 문제는 브레인스토밍을 제안하여, 다섯 가지 이상의 '방법3'을 생각해 본다.

9.

시간과 함께 대화하기

대화는 어렵다. 살펴야 할 정보도 많고, 실제 대화 속도 또한 매우 빠르다. 상대방 말을 이해하기도 바쁜데 음색, 억양, 크기, 빠르기, 악센트 등의 미묘한 변화도 살펴야 하고 미소, 눈빛, 시선의 방향, 차림새와 낯빛, 표정 변화와 제스처의 크기까지 놓치지 않아야 한다. 게다가 어떤 때는 말해놓고 그런 말 한 적 없다고 잡아떼기도 한다. 표정을 보면 정말 아무것도 모르는 사람 같다. '하고 싶은 말'과 '표현한 말', '들린 말'과 '해석한 말'의 간극에서 쉼 없이 오해한다.

실제 겪은 일화를 예로 들어보자. 소녀가 학원에서 오백 원짜리 동전을 잃어버렸다. 외투 주머니에 분명히 넣어두었는데, 아무래도 외투를 벗을 때 주머니가 기울며 떨어진 것 같다. 떨어지는 소리를 들은 것도 같지만 확실치는 않다.

동전을 다른 데 두고 착각하는 걸 수도 있다. 혹은 학원 도착 전에 이미 잃어버린 걸 수도 있다. 동전을 정말로 학원에서 떨어뜨렸고 떨어진 자리에 그대로 놓여 있을 수도, 이미 누군가 주워갔을 수도 있다. 주워서 주인을 찾아주려 했을 수도, 얼른 제 주머니에 넣었을 수도 있다. 혹은 떨어뜨린 게 아니라 소녀가 걸어둔 외투 주머니를 누군가가 뒤져 훔쳐 간 걸 수도 있다.

소녀는 외투를 놓았던 학원 휴게실로 가본다. 거기엔 장난꾸러기 소년이 앉아있다. 지나치게 장난이 심한 소년에게 평소 반감이 많은 소녀는 말을 걸고 싶지 않지만, 물어보지 않을 수도 없어, 더듬듯 묻는다.

"호, 혹시, 도, 동전 잃어버렸는데, 못 봤어?"

그러자 소년은 당황한 듯 얼굴이 빨개져서 고개를 가로젓는다.

"아, 아니."

동전의 행방을 묻는 너무나 간단한 대화가 진행됐

다. 소녀가 한 문장으로 묻고, 소년이 한 단어로 답했을 뿐이다.

그러나 1) 소녀가 '말한 것'과 소년이 '들은 것'이 다를 수 있다. 소녀는 단지 동전을 잃어버려서 물어본 건데, 소년은 소녀가 자기를 도둑으로 의심한다는 생각에 얼굴을 붉힌 걸 수 있다. "동전을 잃어버렸는데, 혹시 못 봤니?"라는 소녀의 말이 소년에겐 "동전을 잃어버렸는데, 혹시 네가 가져갔니?"로 들릴 수 있다. 마치 "내겐 칼이 있어요!"라는 말만 해도 "나는 강도예요!"라는 말로 들릴 수 있듯.

2) 소녀가 '생각한 것'과 소녀가 '표현한 것'이 다를 수 있다. 소녀는 동전을 떨어트린 것 같다고 생각했지만, 입으로는 동전을 잃어버렸다고 말했다. 소녀가 거짓말을 한 건 아니지만, 그러나 "동전을 떨어트린 것 같아, 혹시 못 봤어?"라고 물었어야 더 정확하지 않을까. 마치, 강도로 오해 사지 않으려면 "내게 칼이 있어요!"라고 말하기보다, "마침 내게 칼도 있는데 사과를 깎아먹을까요?"라고 물어야 불필요한 오해를 막듯이 말이다.

3) 소녀의 '실수'일 수도, 아니면 소녀의 '의도'일 수

도 있다. 소녀는 동전을 "떨어트리다" "잃어버리다" "도둑맞았다" 등 다양한 표현을 사용할 수 있었다. 그런데 굳이 "떨어트리다"라고 말하지 않고, "잃어버렸다"라고 말한 건 도둑맞았다고 단정한 건지도 모른다. 다시 말해 무의식적 우려를 자기도 모르게 표현한 것인지도 모른다.

만약 소녀가 적극적 말하기를 통해 보다 정확히 말할 수 있었다면 '나-메시지'를 사용해 다음과 같이 표현해야 좋았을 것이다.

"주머니에 넣어둔 동전이 없어졌어. 아무리 찾아도 보이지 않아 속상해. 여기다 떨어트린 게 아닐까 하고 다시 와봤는데……. 혹시 여기서 떨어진 동전 못 봤어?"

4) 소녀는 상대방을 다양한 관점으로 해석할 수 있다. 소녀는 낯을 붉히며 당황하는 소년의 반응을 보고 소년이 결백하다고 판단할 수 있다. 거꾸로 얼굴을 붉히며 말을 더듬는 걸 보고, 거짓말이라 판단할 수도 있다.

거꾸로 소년은 자신이 도둑으로 몰렸다고 억울해 할 수도 있다. 혹은 소녀가 말을 더듬자 (실상은 소녀가 소년에게 말을 걸기 싫어했기 때문에 더듬는 것일지라도), 혹시나 소녀가 자신에게 호감이 있어 말을 더듬는 게 아닐까 하고 소년이 착각할 수도 있다. 물론 평소 소녀에 대해 호감을 갖고 있던 소년이, 소녀의 동전을 열심히 함께 찾아줌으로써, 둘 사이에 바람직한 우정이 생겨날 수도 있다.

이처럼 단순 동전 하나를 찾는 소녀와 소년의 대화에서조차 너무 많은 간극과 오해가 발생한다. 독자는 어쩌면 이 글을 읽으며, 대화를 더 잘해보고 싶다는 의욕이 일기보다는, 너무 복잡하고 어렵다는 생각에 의욕을 잃을지 모른다. 그러나 여기서 중요한 건 둘의 관계가 어떻게 변해갈지 아무도 모른다는 사실이다. 균열과 간극 때문에 오해가 발생하지만 균열과 간극이 있어 창작도 가능해진다.

매 순간 새로운 해석, 새로운 판단, 새로운 반응이 가능하다. 대화가 어떤 방향으로 이어질지는 시간만이 안다.

*

쓰기는 원고지 위에서 일어나지만, 말하기는 시간

위에 써진다. 초조해할 필요가 없다. 시간이란 원고지는 변하지 않는 게 아무것도 없는, 모든 것이 쉼 없이 변하는 제행무상諸行無常의 원고지다. 지금 하나의 더 나은 생각문장을 구사했다면, 그 효과는 틀림없이 작용할 것이다. 다만 갈등이 빚어진 동안 구사했던 전체 단어의 1/N만큼만 작동할 것이다.

가령 자녀와 살면서 천만 번의 단어를 잘못 주고받았는데, 이제 하나의 더 나은 생각문장으로 대화했다면, 천만 분의 일을 바꿔놓은 것이다. 인내심을 갖고 계속해서 더 나은 최선의 문장으로 말해야 한다. 같은 대화일지라도, '지금 여기'에서 사용하는 단어의 강렬도가 가장 높기 때문에, 언젠가는 단 하나의 문장으로 모든 갈등이 해소되는 순간이 온다.

사람을 만날 때 나는 대화를 세 번 하는 버릇이 있다. 우선 만나기 전에 상상으로 한다. 이런 말을 해야지, 하고 너와 함께할 우리를 상상한다. 그다음 만나서 마주 보고 한다. 이때 이런저런 상상하며 준비한 말은 거의 못 하고, 그 순간 생각나는 말, 미처 내가 할 줄 몰랐던 말을 뱉고 만다. 그렇게 헤어져 돌아오면서 이렇게 말했으면 더 좋았을 텐데, 뒤늦게 생각나는 말로 복기하듯 대화를 나눈다.

시간과 함께 대화한다는 것은 계속 더 나은 대화를 생각해 본다는 뜻이다. 언행이 언제나 일치하는 사람이 있다면 좋겠지만, 나는 나처럼 누군가를 만날 때 세 번 대화하고, 세 번의 대화가 모두 불일치하는 사람이 좋다. 만나기 전엔 설레는 마음으로, 혹은 뭔가를 기대하는 마음으로 '예상 대화'를 나눠보는 사람이 좋다.

그러나 만나면 준비한 말보다 더 나은 말을 떠올리는, 자신도 미처 그런 말을 하게 될 줄 몰랐던 말을 찾는, 순발력 있는 사람이 좋다. 그렇더라도 돌아갈 때는 더 나은 대화를 할 수 있었는데, 하고 후회하는, 더 좋은 대화를 나누고 싶었던 상대에게 갖는 후회로 '복기 대화'하는 사람이야말로 최고의 대화 파트너 아닐까.

예상 대화와 실제 대화와 복기 대화가 계속 바뀔 때, 이런 사람이야말로, 만날 때마다 또 다른 대화를 궁리하고, 더 나은 대화를 모색할 사람이기 때문에, 만나도 만나도 그 속내를 다 알 수가 없는, 자기 자신조차 자신이 어떤 말을 떠올릴지 모르는 무궁무진한 사람 아닐까.

언젠가 후배 작가를 만났는데, 기본적인 예의도 안 지키길래, 집으로 돌아가면서 머릿속으로 녀석에 대한 욕을 한 적이 있다. '너 같은 놈 다시는 상대하고 싶지 않아!' 그리고 다른 작가들을 보면 비난할 생각이었다. 그놈 별로라고. 그런데, 다시 만났더니, 대뜸 말하는 것 아닌가.

"선배, 제가 저번에 너무 결례를 많이 저질렀지요. 두고두고 마음에 걸리더라고요!"

순간 '이놈 정말 나쁜 놈이다!'라는 생각이 들었다. 왜냐하면 만나는 동안 결례를 저질렀으니 나쁘고, 만나고 난 다음에 나를 기분이 불쾌해 흉이나 보려는 협소한 인간으로 만들어놓고, 저는 자기 잘못을 스스로 반성하고 사과하는 멋진 인간 역할로 돌변해 있다니 말이다. 덕분에 깨달았다. 자신과 계속 대화하는 상대를 이길 수는 없다!

*

읽기 쓰기는 메시지가 문자로 고정되어 시간을 초월하는 반면, 말하기 듣기의 메시지는 시간 흐름에 따라 계속 변한다. "대화란 시간과 셋이 나누는 것이다"라는 인디언 속담처럼, 시간의 발언을 경청할 필요가 있다. 대화 순간마다 시간을 함께 참여시켜야 한다. 우선 '너'가 말할 때, 하고 싶은 말을 다할 만큼의 시간을 주어야 한다. '너'가 말을 하기 전에 그 말을 다듬고 준비할 시간을 기다려야 하고, 쫓긴다는 느낌 없이 할 말을 다 할 수 있는 편안한 시간을 제공해야 한다.

하고 싶은 말을 다했다고 생각했을 때조차 조금 시간이 지나면 미처 하지 못한 말이 떠오르고, 또 동시에 새롭게 하고 싶은 말이 생겨난다. 말이 다 끝나고 나서 얼마 동안 침묵으로 기다리는 게 좋다. 상대가 말로든 눈짓으로든 이쪽 의향을 물어보는 순간까지 침묵하는 것이다.

심지어, 그러고 나서 내가 말을 시작했는데, 그제야 하고 싶은 말이 떠오른 표정을 상대가 지으면, 그제라도 다시 할 수 있도록 내 말을 멈추는 것이 좋다. 대화에서 가장 재치 있고 여유롭게 보이는 사람은, 상대가 작은 표정만 지었을 뿐인데도 그것을 알아채고, 그에게 발언권을 건네주는 사람이다.

마찬가지로 나 역시 말을 하기 위해서는 스스로 적

잖은 침묵을 누려야 한다. 내가 할 수 있는 최선의 말을 골라야 하는데, 내가 할 수 있는 최선의 말이란, 내가 할 수 있는 가장 깊은 생각 끝에서야 찾을 수 있기 때문에, 내가 할 수 있는 가장 깊은 생각까지 들어가 보는 시간이 필요하다.

막스 피카르트가 이런 과정을 좀 근사하게 표현하려다 너무 어렵게 표현했다.

"두 사람이 이야기를 주고받는 자리에는 언제나 제3자가 있다. 즉 침묵이 귀 기울이고 있는 것이다.…… 그리하여 화자 자신으로부터 나올 수 있는 것보다 더 많은 것들을 듣는 시간에게 주게 된다."

대화에서 하는 나의 가장 흔한 실수는 너무 빨리 말하는 것이다. 조금만 더 생각했더라면 그렇게 말하지 않았을 말을 뱉고 마는 것이다. 대개는 한번 더 생각할 때마다 더 나아 보이는 다른 말이 떠오르는 법이다. 그 때마다 나는 헷갈린다. 떠오른 첫 번째 생각이 내 생각일까. 두 번째 생각이 내 생각일까. 세 번째 생각이 내 생각일까. 네 번째 생각이 내 생각일까.

우리는 남의 말을 끝까지 들어주지 못하듯, 자기 생각을 끝까지 들어가 보지 못하고 얼른 생각나는 말만 뱉기 일쑤다. 모든 사람이 평생을, 다만 조금만 더 생각했더라면 결코 그렇게 말하지 않았을 말들을 뱉으며 살고 있다. 그래서 겪지 않아도 되는 오해와 시비로 한없이 사소하고 가벼운 삶에 시달리며 산다.

적잖은 사람들이 대화중의 침묵을 불편해한다. 하지만 침묵을 불편해하면 더 깊은 진심을 만날 수 없고, 더 나은 생각문장을 만날 수 없다. 알고 보면 첫 번째 생각보다는 두 번째 생각이, 무엇보다 충분하게 생각한 다음의 생각이 진짜 내가 원하는 모습이다. 따라서 침묵하는 시간이야말로 가장 중요하고 창의적인 대화가 만들어지는 시간이다.

모든 걸 시간에게 내맡기는 침묵의 시간은 ❶상대가 충분히 말하게 함으로써 상대에 대한 배려와 존중을 가능하게 해준다. ❷좀 더 깊은 생각을 하게 함으로써 스스로 더 나은 말을 고르게 해준다. ❸꼭 해야 좋은 말과 하면 좋겠지만 하지 않아도 되는 말, 하지 않으면 답답하겠지만 그냥 삼켜야 하는 말, 해도 되지만 하지 않는 게 더 좋은 말 등을 가늠하게 만든다. ❹갈등과 문제가 발생했을 때, 충분히 검토할 기회를 줄 뿐 아니라, 갈등과 문제 스스로 성격이 변하거나 스러지게 해 준다.

알고 보면 침묵하는 자가 대화하는 자다. 침묵하지 않는 자는, 대화하지 않는 자다.

9. 시간과 함께 대화하기

1) 너’가 다 말할 때까지 기다린다.
2) ‘나’가 충분히 생각할 때까지 침묵한다.
3) 문제에 대한 긍정적 대안이 나타날 때까지 침묵하며 기다린다.

10.

나의 '창작 언어'로 말하기

적잖은 사람들이 남이 쓰는 말을 자신도 그대로 사용한다. 마치 남이 사용한 숟가락을 쓰듯, 이제까지 써오던 말 그대로 다시 사용한다. 하지만 남이 쓰는 생각 문장을 그대로 쓰면 남과 다를 바 없는 삶을 살겠다는 뜻이다. 자신이 써오던 말을 그대로 쓰면 살던 대로 계속 살아가겠다는 뜻이다.

변화를 꿈꾼다면 '창작 문장'을 써야 한다. '통념 문장'으로는 관계를 창작할 수 없다. '통념 문장'이란 통념을 그대로 사용하는 통속구, 상투구, 관용구 등을 가리키는데, 통념 문장을 사용하는 한, 통속적이고 상투적이며 관용적인 '통속 드라마 같은 삶'을 반복할 수밖에 없다.

'통념 문장'은 우리 일상을 싸구려 통속 드라마로 빠

뜨리는 주범이다. 그럼에도 가장 널리 쓰이고, 가장 자주 쓰여서, 매 사건마다 우리 머릿속에 제일 먼저 떠오른다. 나 역시도 첫 번째 떠오르는 생각문장은 한심한 막장 드라마에서나 사용할법한 통념 문장이다.

가령, 딸아이가 매일 밤늦게 들어오면 내 머릿속에 일단 통념 문장부터 떠오른다. 가부장적 시대에 살았기 때문에 가부정적 통념 문장이 마치 내 생각인 양 떠오른다. "지금이 몇 신데 들어오니?" "매일 이렇게 늦게 들어올 거면 독립해서 나가 살아!" "여자애가 왜 이렇게 늦게 다녀?" 또 가령, 아이 시험 성적이 낮으면 이런 통념 문장이 우선 떠오른다. "누굴 닮아 성적이 이 모양인지!" "머리는 좋은데 노력을 안 해서 문제야" "제 엄마 닮아서 이러나" "매일 게임이나 하더니 성적이 이게 뭐야?" "당신은 아이 성적이 이럴 때까지 뭐 한 거야?"

이것들은 나의 언어가 아니다. 내가 창작한 언어가 아니다. 이제까지 무수한 사람들이 검증 없이 써온 가부장적 통념 언어다. 가부장적 상투구이자 통속구다. 내가 느끼고 생각해서 떠올린 문장이 아니라, 내가 아무 생각 없이 말할 때 나오는 문장이다.

나만의 개인 언어를 사용해야 한다. 내가 직접 보고

느낀 나의 느낌과 생각을 표현해야 한다. '너-되기' 즉, '늦게 귀가하는 딸-되기'를 한 다음에 말해야 한다. 그러면 오히려 "늦게 귀가하면 안 무서워?" 혹은 "매일 늦게 귀가하려니까 눈치 보이지?"라고 걱정스레 물을 수 있다. 딸이 즐거운 표정이면 함께 웃으며 "우리 딸, 요즘 무슨 좋은 일 있어?"라고 우선 물어볼 수도 있다. "오늘도 술 마셨네? 주량이 느니까 귀가도 점점 늦어지는구나?"라고 농담할 수도 있다.

타인을 내 마음대로 통제한다고 내 삶이 나아지지 않는다. 자신이 구사할 수 있는 생각문장이 나아져야 한다. 내가 구사한 생각문장에 영향을 받아 나타나는 모습이 타인이기 때문이다. 마법 램프처럼, "내가 개새끼!"라고 말하면 정말 개처럼 짖을 것이고, 내가 "선생님!"이라고 하면 선생님처럼 점잖은 모습으로 나타나는 게 타인의 모습이다.

특히 통념 문장은 통속 드라마가 잘 보여주듯, 문제를 해결해 나가지 않고, 오히려 확산시킨다. 막장 드라마 같은 파국을 원할 땐 통념 언어를 쓰면 된다. 주변을 둘러보라. 통념 언어를 쓰는 사람치고 막장 드라마 같은 삶을 살지 않는 사람이 있는가. 동시에 막장 드라마 같은 삶을 사는 사람들 치고 통념 언어를 쓰지 않는 사람이 있던가.

통념 언어를 쓰면, 당신이 부유하든 가난하든 통속 드라마 같은 삶을 산다. 통속을 원하지 않으면 쓰지 말아야 한다. 통념 언어를 쓰면서 상투와 통속을 피할 수는 없다.

*

변화를 일으키는 방법은 변화를 바라는 사람에게서 나온다. 보다 나은 대화, 보다 나은 관계로 바꾸고 싶을 땐 '나'의 문장을 먼저 바꿔야 한다.

"우리가 직면한 중대한 문제들은 그 문제들이 발생한 때 갖고 있던 사고방식으로는 해결할 수 없다."

다행스럽게도, 우리는 같은 것을 두고 언제나 다르게 말할 수 있다. 선택과 창작이 가능한 것이다. '소를 몰고 가는 할아버지 모습'을 보고 '성실한 농부의 모습이다!'라고 말할 수 있고, '낙후된 농촌 모습이군!'이라고 할 수도 있다. 또 '평화로운 시골 풍경이네!'라고 생각할 수도 있다.

보기20)

ⓐ 성실한 시골 농부의 모습이다

ⓑ 낙후된 농촌 사회의 일면이다

ⓒ 정겨운 고향의 저녁 풍경이다

동일한 사실도 얼마든지 다르게 말할 수 있고, 그 발화의 중첩이 전혀 다른 의미를 띠게 만들 수도 있다. 아래 예문을 보면, ⓐ에서 ⓕ까지 표현 내용과 뉘앙스가 다르게 읽힌다. ⓐ부터 ⓕ까지 모두 화자가 제각각 다른 시골마을에서 태어나고 자란 것 같다. 특히 ⓐ와 ⓑ, ⓒ와 ⓓ, ⓔ와 ⓕ가 풍기는 의미의 뉘앙스는 대조적이다. 하지만 동일한 화자가 자신의 유년기 경험을 각각 다르게 강조한 것일 수도 있다. 실제로 나의 유년기 경험을 다른 관점으로 서술한 문장들이다.

보기21)

ⓐ 나는 끼니나 겨우 연명하며 사는 가난한 산골마을에서 태어났다.

ⓑ 나는 백여 가구 남짓의 너무나 작고 평화로운 나머지 권태롭기까지 한 산골마을에서 자랐다.

ⓒ 나는 학교 가려면 삼십 리나 걸어나가야 하는 시골마을에서 살았다.

ⓓ 나는 들꽃이 피는 순서와 산새가 노래하는 소리를 자연스레 익히며 자랐다.

ⓔ 나는 시원한 샘물과 맑은 공기와 또렷한 별빛 등을 내 것처럼 맘껏 누리며 자랐다.

ⓕ 나는 신문조차 사나흘씩 늦게 배달되는 답답하고 궁벽진 산골에서 살았다.

만약 ⓐ에서 ⓕ까지 각각의 화자가 함께 만나 얘기를 나눌 경우, 저마다 겪은 유년기 경험의 차이를 명백하게 인식하겠지만, 화자란 이렇게 단순히 문장 표현에 따라 달리 나타나는 동일한 영혼의 색다른 관점에 불과할 수 있다.

얼마든지 다르게 표현할 수 있다는 것은 얼마든지 다르게 인식할 수 있다는 뜻이다. 얼마든지 다르게 생각하고 다르게 반응할 수 있다는 것이고, 얼마든지 자유로워질 수 있다는 뜻이기도 하다. 세상과 인생에 대해, 언제나 지금 하는 생각보다 더 나은 생각이 존재한다. 내가 더 나은 생각문장을 창작해야 관계가 변한다. 문장 하나를 지금까지와는 다르게 뱉는 딱 그만큼 변한다.

특히 '말'이란, 말馬이라고 생각하면 말馬이 되고 말言語일 뿐이라고 생각하면 말言語일 뿐이다. 언어야말로 파동이자 입자다. 언어는 자의적 기호에 불과해서, 실제로 여기면 실제로 작동하고, 허구로 일축하면 허구가 되어버린다. 사용자 자신이 어느 쪽으로 받아들이느냐에 따라 실제처럼 작동하기도 하고, 거짓말처럼 증발해버리기도 한다.

현실보다 못한 언어를 받아들이는 것은 바보 같은 짓이다. 현실보다 더 나은 것으로 변형시키는 문장만이 받아들일 가치가 있다. 우리가 충조평판(충고, 조언, 평가, 판단)을 하지 말아야 하는 것은, 그것이 예의에 어긋나서가 아니라 그러한 언어화가 현실의 또 다른 잠재성을 제한하기 때문이다. 긍정적 해석, 여유 있는 조크, 재치 있는 문답 등을 선호하는 건 그 문장 하나로 현실을 보다 더 나은 분위기로 전환시킬 수 있기 때문이다.

*

어떻게 말해야 할까. 방법은 간단하다. 어떻게 말해야 할까, 하고 스스로 질문해야 한다. 거듭 질문해야 한다. 단어와 문장을 주저하고 궁글리며 고르는 시인이나 소설가처럼 더 나은 생각문장을 찾아야 한다.

시인이나 소설가가 원고지 위에서 습작하듯이, 우리는 머릿속으로 습작해야 한다. 그래야 우리 일상을 예술적으로 창작할 수 있다.

이런 문장 저런 문장을 떠올리며, 가장 알맞은 생각문장을 만들어야 한다. 창작 언어를 사용하는 만큼 관계가 창작된다.

내가 구사할 수 있는 생각문장의 종류가 많을수록

자신의 선택권이 다양해지는 것이며, 또한 자유로워지는 것이다. 상대방 말을 충조평판 하기에 앞서 자기 언어에 만족할 수 있어야 한다. 사실 상대방 말에 짜증이 날 때도, 상대방 말 때문에 짜증 나는 건 아니다. 상대방 말에 반응할 효과적 방법이 내게서 떠오르지 않았을 때 짜증이 난다. 재치 있게 대꾸할 말이 떠오르면 곧바로 웃으며 대꾸한다.

대화 과정을 가만히 살펴보면, 모든 사람은 너의 언어보다는 나의 언어에 더 민감하다. 나의 언어만 바르거나 위트 있거나 현명하면, 나에게 너를 포용할 힘이 생긴다. 그러나 그러지 못할 때 너의 언어의 문제점에 주목한다. 결국 모든 사람이 상대 말에 영향을 받지만, 그러나 언제나 자기 말에 영향을 더 많이 받는다. 나의 말을 창작해야 한다.

*

사실과 언어 사이에는 간극이 존재한다. 언제나 다른 선택이 가능하다. 가령, 오늘이 3월 1일이면, "삼월이다!"라고 할 수도 있고 "봄이다"라고 할 수도 있고

"새 학기다!"라고 할 수도 있고 "새해가 벌써 두 달이나 지나버렸구나!"라고 할 수도 있다. 얼마든지 다른 표현이 가능하다.

똑같은 말도 미소를 띠고 말하거나 유머러스하게 우회적으로 말하거나 비유적으로 말할 수 있다. 특히 거짓말을 잘해야 한다. 물론 나의 이익을 취하려고 상대에게 해를 끼치는 거짓말은 하지 말아야 한다. 하지만 진실을 왜곡하지 않고 살리는 거짓말 즉, 허구는 잘 만들어야 한다.

거의 모든 대화 때마다 사실 그대로 말하면 서로가 곤란해지는 경우가 발생한다. 그때 선의의 허구로써 창작이 필요하다.

보기22)

ⓐ 너는 술버릇이 문제야.

ⓑ 너는 다 좋은데, 술버릇만 고치면 좋겠어.

ⓒ 너는 너무 완벽해. 술버릇이 아쉽긴 하지만, 고치지 마. 그래야 인간적이지.

ⓐ 버스가 막혀 늦었습니다.

ⓑ 버스 막힐 것까지 예상하고 평소보다 일찍 나왔는데도 늦었습니다.

ⓒ 차가 막혀 어쩌나 답답한지 버스에서 내려 자동차 지붕 위로 올라가 뛰고 싶더라니까요. 에스컬레이터 타고 뛰는 것처럼 빠를 테니까요.

거짓말은 나쁘고 참말은 좋다. 하지만 어떤 거짓말은 참말보다 좋다. 더 정확히 말하면, 속이거나 해를 끼칠 목적의 거짓말은 나쁜 것에 불과한데, 고지식한 참말은 나쁜 동시에 답답하기까지 하다. 창의적 스토리텔링은 사실 외에 상상까지 전달하기 때문에 한결 서로를 자극하게 된다. 대화를 윤기나게 하고 풍요롭게 하며 친밀하게 만든다.

특히 다뤄야 할 문제나 갈등이 없을 때는, 최대한 자유롭게 창작 언어를 발휘할수록 좋다. 창의적인 거짓말로서의 농담과 익살, 허구와 스토리텔링이 넘치는 대화일수록 즐겁고 유익하다. 미처 생각도 못 한 무수한 얘기들이 오갈 때, 내 안의 답답한 생각문장은 자연스럽게 폐기되고 마음이 열린다.

10. 나의 '창작 언어'로 말하기

1) 언어는 실제이자 허구다.

2) 언어는 실제로 받아들이면 실제가 되고,
허구로 받아들이면 허구일 뿐이다.

3) 이제까지 사용해온 통념 언어는 버리고,
더 나은 최선의 언어를 스스로 창작하여 말한다.

3부

탐색

어떻게 대화를 즐길까

내가 말했다고 정말 믿으면 어떡해요?

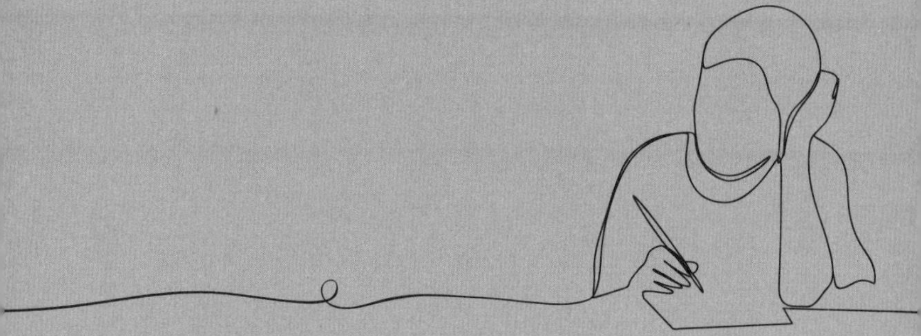

11.

'나'에게 질문하기 (셀프대화)

지금까지 **6. 나의 문장 바꾸기, 7. 너의 문장 바꾸기**리프레이밍, **8. 문제 분리와 브레인스토밍 하기, 9. 시간과 함께 대화하기, 10. 나의 창작 언어로 말하기**에 대해 살펴보았다. 제대로 전달되었다면, 대화할 때 너의 문제는 내게 문제가 되지 않는다. 오직 나의 생각문장만 문제가 된다는 걸 이해했을 것이다.

나와 너 사이에 갈등이 일어나면, 우리는 나와 너의 잘잘못을 따진다. 내가 잘못한 점을 꼽아보고, 네가 잘못한 점을 꼽아본 다음, 6:4로 내가 잘못했다 사과하고, 7:3으로 네가 더 잘못했으니 사과하라고 요구한다. 잘잘못을 따질 필요가 있을 때 사용하면 좋은 계산 방법이다.

하지만 사랑하는 사람과의 대화라면, 언제나 너는 아무 문제 없고, 내가 100퍼센트 잘못했다의 자세가 옳고 효과적이다. 이 억울해 보이는 혹독한 자기비판을 통해, 더 나은 생각문장을 찾게 되고, 그만큼 자유로워지고 그만큼 강해진다. 이것이 사랑의 선물이다. 사랑은 사랑에 빠진 것만으로 얼마나 내게 많은 선물을 주는지…….

살면서 시비나 문제가 발생하면 잘잘못을 따지지 않을 수 없다. 그런데 잘잘못을 따지다 보면 상대 잘못에 집중함으로써 내 잘못을 반성할 기회를 놓치는 불이익에 빠진다. 그렇다고 내 잘못에 집중하자니 자칫 나만 잘못한 것 같은 우울에 빠질 수 있다.

좋은 방법은 공개적으로는 나와 너의 잘잘못을 공평하게 따지고, 개인적으로는 오로지 내 잘못만 보는 아이러니한 관점을 중층적으로 견지하는 것이다. 가령 접촉사고가 났을 때는, 내 잘못과 상대 잘못을 정확히 파악하여 이에 상응하는 보상을 해야 한다. 2:8로 내 잘못이 크면 내가 80퍼센트 보상하고 7:3으로 상대 과실이 크면 나는 30퍼센트만 보상한다.

그러나 혼자 남게 되면 접촉 사고의 원인을 100퍼센

트 자기 자신에게서 찾아봐야 한다. 그 순간 내가 부주의하지 않았는지, 딴생각에 빠져 있지 않았는지, 조급해 있지 않았는지, 방어운전이 정말 불가능했는지 살펴봐야 나에게 이익이 된다.

나와 너는 늘 연결되어 있지만 늘 결정되는 것은 아니다. 상관관계는 갖지만, 인과관계를 갖지는 않는다. 가령 네가 웃으면 나도 웃는다. 당황해서 웃는 걸 수도 있고, 부끄러워 웃는 걸 수도 있고, 마주친 것에 대한 예의로 웃는 걸 수도 있다. 당황해서 웃고는, 좋아서 웃었다고 말할 수도 있다. 너는 내게 말하지만, 너의 말을 해석하는 건 나다. 결국 나는 너의 말에 반응하는 한편으로, 너의 말에 대한 나의 해석에 반응하는 것이다.

연결되어 있지만 결정되지는 않는다. 너의 악행을 보고 내가 선하다고 착각해서도 안 되고, 나의 선행이 너를 악하게 보이게 해서도 안 된다. 너 때문에 내가 어떤 행동을 취한다고 인과적으로 아무리 합리화해도, (가령, 네가 날 미니까 나도 널 밀었어) 더 나은 반응이 있다면 더 나은 반응을 택할 것이기 때문에 (가령, 왜 밀었는지 이유부터 물어볼 수 있고, 괜찮다고 용서부터 할 수도 있다), 내가 널 민 이유는 네가 날 밀어서가 아니라, 내가 더 나은 반응 방법을 미처 떠올리지 못했기 때문이다. 이렇게 인과를 자기 안에서 찾을 때 우리는 스스로 움직이는 자율적 주체로 살 수 있다.

내가 세계를 다른 생각문장으로 인지할 수만 있다면 나는 세계를 다르게 만날 수 있다. 대화 때, 내가 5번 문장을 달리하면 상대가 6번 문장을 달리할 수밖에 없다. 따라서 언제나 내 안의 생각문장이 얼마나 풍요로운가가 중요하다. 반대로 내 생각문장이 빤하면 즉, 고집불통이면, 만남 자체가 불가능해진다. 만나기도 전에 그가 할 말이 빤히 예측되는 사람과 누가 만나겠는가.

아마 살면서 사랑하는 사람과 대화가 끊기는 순간은, 세상에서 가장 마음 아프고 참담한 순간일 것이다. 그러나 더욱 비극적인 사람은, 다른 생각문장을 떠올릴 줄 모르는 사람 즉, 자신과의 대화를 못하는 사람이다.

인간의 뇌는 생각할수록 더 많은 문장을 떠올린다. 더 많이 생각하는 사람일수록 더 많은 문장을 구사하고, 그 스스로 많은 대화의 경우의 수를 상상한다. 반면에 자기 생각 혹은 자기 대화가 부족한 사람은 열린 대화를 잘 잇지 못한다.

생각이란 혼자 대화해 보는 둘 이상의 관점이다. 인간은 인원이 둘 이상이면 대화로 각자의 생각을 나누고, 혼자 있을 때는 두 가지 이상의 관점으로 대화하듯 생각을 풀어나가는 흥미로운 동물이다.

자기 자신과의 대화야말로 모든 대화의 첫 단추다. 자기 대화를 하는 사람은 열려 있을 수밖에 없다. 자기 생각이 깊고 풍요로운 사람은, 다른 사람이 꺼낸 생각을, 자기 생각의 일부로 느낀다. 왜냐하면 자신도 그런 생각을 해본 적이 있으니까. 혹은 자신이 해보아야 할 생각 중에 하나니까.

생각이 깊은 만큼 열린 대화가 가능하다. 가령 ⓐ대화와 ⓑ단락을 비교해 보자. ⓐ대화는 여러 사람이 나누는 대화 내용인 반면 ⓑ단락은 어떤 사람이 혼자 깊이 생각해 본 내용이다. 그러나 여러 사람의 대화내용(ⓐ대화)과 한 사람의 생각내용(ⓑ단락)이 별다르지 않다.

보기23)

A대화

ⓐ: 그 친구가 올까?

ⓑ: 글쎄, 오긴 오지 않을까?

ⓒ: 몸은 올지 모르지만, 마음까지 오진 않을 거야.

ⓓ: 그렇게라도 잠시 왔다 가주면 그것만으로도 고마운 일이지, 뭐.

B단락

그는 올 것이다. 오겠다는 약속은 없었지만, 그는 올 것이다. 하지만 그의 마음까지 돌아오진 않을 것이다. 그럼에도 다만 그가 이 자리에 참석해 주는 것만으로도 고마운 일이다.

보기24)

A대화

ⓐ: 미숙 씨 남편은 아이들을 참 사랑하는 거 같아요.

ⓑ: 그러게, 선물도 자주 사 오고 아이들과 놀아도 주고.

ⓒ: 에이, 그렇지만도 않은가 봐요. 아이들을 너무 엄하게 대해서 아이들이 피한대요.

ⓓ: 지난번 생일 선물도 아이들에게 물어보지도 않고 자기 마음대로 골라 아이들이 실망했대요.

B단락

그는 아이들을 사랑했다. 아이들과 시간을 함께 하려고 애썼고 종종 깜짝 선물도 가져왔다. 하지만 그의 표현 방식은 언제나 고압적인 가장의 모습이어서 대화를 주고받기보다 자신이 일방적으로 훈계하는 식이었다. 아이들에게 선물을 할 때조차 자기 판단대로만 선택하는 바람에, 아이들은 번번이 약간의 실망감도 함께 선물 받아야 했다.

생각이 깊다는 건 혼자 대화를 이어갔다는 뜻이다. 하나의 생각을 떠올린 다음, 마치 자기 생각을 다른 사람 의견 대하듯, '그런가?' '또 다른 관점으로 생각할 수 있지 않을까?' 하는 반문을 던져야 셀프대화가 가능해진다.

자신이 어떤 생각을 떠올렸든, 그 생각을 자기 것으로 고집하지 않고 마치 남의 것처럼 바라보며, 그와는 다르면서 더 나은 관점을 찾기 위해 혼자서 대화해 나가는 것이 셀프대화다.

자기 생각을 갖고 상대방과 대화하는 게 아니라, 상대방과 대화하기 전에 자기 생각에 의문을 던져보는 것이 셀프대화다. 자기 생각이 아무리 확실하다 해도, 아니 확실할수록 의문을 던져볼 필요가 있다. 내 생각은 이러하고, 상대방에게 이렇게 말할 건데, '이게 제일 좋은 생각문장인가?'라고 질문을 던지는 순간, 우리는 상대와 대화하기 전에 자기 자신과 대화하게 된다.

언제나 더 나은 생각문장이 존재하기 때문에 그 어떤 생각문장도 정답은 아니다. '내가 지금 생각하는 말이 언제나 최상은 아니다'라는 이해는, 상대와 대화할 때 상대방 말에 귀 기울이게 만들고, 상대와 대화하기 전에 자신과 더 대화하게 만든다. 지금 떠올린 생각을 그대로 말하는 것보다, 그럴 수만 있다면 더 생각해 보고 더 나은 문장을 골라야 한다.

물론 자기 자신과의 셀프대화는 말처럼 쉽지 않다. 자기 생각을 자기 스스로 부정해야 하기 때문에 셀프대화는 가장 어려운 대화법이다. 특히 흥분이나 확신이 들 때, 셀프대화는 불가능하다. 뇌가 경직되면서 더 나은 생각이 떠오르지 않기 때문에, 대화에서 가장 안 좋은 상태다.

셀프대화를 많이 해본 사람은 타인의 생각도 자신의 생각의 일부로 받아들인다. 반대되는 타인의 생각일수록 자신의 셀프대화를 촉진하는 좋은 자극으로 받아들인다.

생각이 깊은 사람에겐, 다른 사람의 생각이란 것 자

체가 존재하지 않는다. 다른 사람이 나와 다른 견해를 보이면, 얼마든지 그렇게 생각해 볼 수 있는 자신의 여러 관점 중에 하나로 받아들인다. 다른 사람이 나보다 뛰어난 생각을 선보이면, 더 깊은 생각을 했다면 자신이 가지게 될 미래의 관점으로 반긴다.

*

상대와 대화하기 전에 자신과 충분히 대화해야 한다. 대화는 누가 옳고 그르냐의 문제가 아니다. 누가 더 나은 생각문장을 풍요롭게 갖고 있느냐의 문제다. 인간은 생각하는 동물이어서, 언제나 더 나은 생각문장을 많이 가진 사람에게 끌린다. 인간 사회에서 '더 나은 생각문장'이란 가장 강력한 매력이자 힘이자 권력이 된다.

다음 예문을 보자.

A: 우리 내일 만나서 뭐 할까? 이번에 개봉한 〈올림피아〉 재밌을 거 같은데 그거 볼까?

B: 그래, 그 영화 보고 블로그 맛집 '토토'에서 저녁 먹자!

C: 그리고 클럽 가서 맥주도 한잔해야지?

D: 난 쇼핑도 좀 하고 싶은데?

F: 내 생각엔 〈올림피아〉랑 〈프루스트〉 개봉하는데, 〈프루스트〉가 평점도 좋고 반응도 좋아. 마침 그 영화관 뒤쪽에 맛집들이 있는데 이탈리안 레스토랑 '토토', 퓨전 중국집 '만찬', 고깃집 '잉걸불' 등이 유명한데, 그중 만찬이 가장 핫하고 거기 고량주가 정말 맛있대. 고량주까지 마시고 쇼핑 골목 따라서 클럽 '하우스'로 이동하자.

다섯 친구가 대화를 나누고 있다. 그중 ABCD가 제시한 생각문장보다 F의 생각문장이 한결 합리적이고 유익하다. ABCD는 자연스레 F의 의견을 따를 것이다. 사람들은 더 나은 생각문장을 만나면 자발적으로 따른다. 자연스러운 주체와 권력은 더 나은 생각문장을 통해 발생한다. 더 나은 생각문장은 인간 사회의 권력 중에, 우리가 자발적으로 따를 만한 유일하게 가치 있는 권력이다.

아쉽게도 우리 사회는 군사 파시즘과 가부장적 위계, 그리고 불공정한 대기업 중심의 외주 하청 형식의 산업구조로 인해 가짜 권위주의에 익숙하다. 윗사람은 명령과 지시를 내리고 아랫사람은 일방적으로 복종해야 한다. 나이가 많다는 이유로, 선배라는 이유로, 상사라는 이유로 토를 달면 안 된다. 갑질 언어가 당연한 듯, 적당히 맞장구치고 싫어도 미소 짓는 것이 사회성인 양 호도되었다.

하지만 대화에서 권위가 작동되면 그 대화는 경직된다. 대화는 언제나 수평적이어야 하고, 오직 더 나은 생각인지가 중요하다. 더 나은 생각문장만이 모두가 인정하고 따를 유일한 권력이다.

더 나은 생각문장이 존재한다는 믿음은, 우리에게 더 깊게 생각하는 브레인스토밍을 가능하게 해주고, 내 생각문장이 틀렸을 수도 있다는 겸손을 가능하게 해준다. 만일 그것이 지금으로서는 가장 나은 생각이라면, 상대도 기꺼이 자발적 동의를 할 것이다. 더 나은 생각문장은 우리가 자발적으로 추구하게끔 만들고, 얼마든지 추구해도 되는 아마 유일한 권력일 것이다.

*

대화를 잘하기 위해서는 타인이 공감할 만큼 '더 나은 생각문장'을 구사할 수 있어야 한다. 더 나은 생각문장을 구사하기 위해서는 평소 자신의 생각문장을 넘어서는, 보다 나은 생각문장을 향해 마음 열어야 한다. 가장 좋은 방법은 좋은 책을 많이 읽는 것이다. 좋은 책은 더 나은 생각문장과 더 나은 단락으로 이어진다. 좋은 책을 계속 읽다 보면, 저절로 더 나은 생각문장을 추구하게 되고, 더 깊은 단락을 만드는 대화법에 익숙해진다.

결국 많이 읽고 많이 생각하고 많이 써본다고 하는, 구양수의 다독多讀·다작多作·다상량多商量은 사랑의 대화를 위해 꼭 필요한 공부 방법이다. 좋은 책을 많이 찾아 읽고, 다양하게 생각해 보는 생각 습작을 많이 해야 한다. 읽기란 작가의 도움을 받아 깊이 해보는 생각 연습이고, 쓰기란 언어의 도움을 받아 깊이 해보는 생각 연습이다.

우리가 하는 말 중에 적잖은 말이, 자신과 충분한 대화를 나누지 않고 하는 생각 없는 말이다. 특히 '많이 걱정하는 것'과 '깊이 생각하는 것'은 다르다. '걱정'은 대화가 없는 생각이다. "걱정을 많이 한다고 걱정이 사라지면 걱정을 않겠다"라는 티베트 속담처럼 걱정은 아무리 해도 머릿속이 탁해지지만, 깊은 생각은 이해가 깊어지면서 눈이 맑아진다.

무엇보다 '깊은 생각'은 깊고 탄탄한 단락을 만든다. 앞서 말했듯, 단락 만들기는 주제문+ 뒷받침 문장 3개 이상 혹은, 제시문+더 구체적인 제시문+더더 구체적인 제시문+더더더 구체적인 제시문으로 이루어진다. 언제나 '더' '더더' '더더더' 구체적인 뒷받침이 따른다. 문장을 구체화하면 문제도 한결 구체화되면서 분명해지고 또 가벼워진다.

가령 다음 예문을 보자. ⓐⓑⓒ의 생각문장이 모두 사실이라 하더라도 아니, 사실일수록 막막할 뿐이다. 성격을 어떻게 고치고, 알코올 중독을 어떻게 치료하고 공원관리를 누구에게 지시할 것인가.

보기25)

ⓐ 둘째는 성격이 급하다.

ⓑ 그는 술을 너무 많이 마신다.

ⓒ 근린공원 관리가 엉망이다.

하지만 아래 예문의 ①②③처럼 단락을 만들어 구체화하면, 문제가 한결 분명해지고 가벼워진다. ①②

③은 문장 잇기를 통해 '더' '더더' '더더더' 구체화한 단락 만들기를 보여준다. 가령 "둘째는 성격이 급하다"라는 첫 문장을 구체화한 것이 둘째 셋째 넷째 다섯째 문장이다. 나머지 예문도 마찬가지다. 첫 문장에서 제시한 내용을 그다음 문장들이 '더' '더더' '더더더' 구체화했다. 이렇게 구체화하면 문제가 한결 분명해지고 가벼워진다.

사실 세상 모든 문제는 큰 덩어리로 발생하지 않는다. 구체적인 문제를 청킹 업해서 인식할 때만 큰 문제로 다가온다. 또한 아무리 큰 문제라도 실천 가능한 단위로 구체화가 가능하다. 혹은 어떤 문제든, 인간은 한 번에 하나씩 밖에 일을 못하므로, 한 번에 할 수 있는 만큼의 일을 구체화하는 것이 그 문제 해결에 있어서 가장 현명한 방법이다.

구체화하지 않으면 해결 불가능한 골치 아픈 문제처럼 보이지만 구체화하면 한결 쉬워 보인다. 가령 보기ⓐ처럼 성격이 급한 건 현대의학 기술로도 어쩔 수 없다. 반면에 실질적인 문제가 고작 식사시간이나 샤워시간, 등교할 때 소지품 챙기기, 문제 차분히 풀기 등등이라면, 하나씩 하나씩 방법을 마련할 수 있다. 술 버릇도

공원관리도 마찬가지다. 구체화한 만큼 한결 쉬운 문제로 바뀐다.

보기26)

① 둘째는 성격이 급하다. 식사도 샤워도 5분 안에 끝낸다. 등교 때마다 빼먹고 가는 물건 때문에 다시 뛰어들어온다. 시험도 차분히 풀면 풀 수 있는 문제인데, 너무 급하게 푸느라 틀릴 때가 많다. 물론 그만큼 제 잘못을 인정하는 것도 빠르다.

② 그는 술을 너무 많이 마신다. 일주일에 이틀은 이런저런 핑계로 마시고, 그중 한 번은 자정을 넘어 만취해 돌아온다. 지난달에는 두 번이나 새벽에 귀가했고, 그중 한 번은 지갑까지 잃어버려서, 택시비를 내주기 위해 골목 앞까지 나가야 했다.

어떤 문제가 매우 난감한 문제로 보인다면, 그 문제를 주제문으로 삼아 구체적 뒷받침 문장을 달아보라. 즉 단락을 만들어보라. 대처 가능한 구체적 문제들로 청킹 다운되면서, 문제가 한결 분명해지고 가벼워진다. 가령 공원의 떨어진 그넷줄이 실제로는 별문제가 아닐 수 있다.

③ 근린공원 관리가 엉망이다. 놀이시설은 낙후해서 고장 난 것들이 대부분이다. 그네 하나는 발판이 떨어져 있고, 시소 하나는 스프링이 고장 나있다. 미끄럼틀은 이음새에 발가락이

나 바짓단이 걸릴 때도 있다. 저녁에는 청소년들의 흡연장소로 사용되는 듯 아침에 보면 담배꽁초나 술병이 잔뜩 널부러져 있다.

어제는 한 아이가 멀쩡한 그네를 타고 노는 옆에서, 또 다른 아이 두 명이 각자 발판 떨어진 그넷줄을 하나씩 잡고 매달리기를 하며 놀고 있었다. 그런데 어찌나 재밌게 매달리기 놀이에 열심인지, 그넷줄을 수리하지 않아도 좋겠다는 생각이 들 정도였다.

단락 만들기는 사실 그대로를 최대한 '더' '더더' '더더더' 구체적으로 적시하는 행위다. 하지만 구체적 서술에 그치지 않는다. 제대로 서술해 보면 언제나 리얼리즘의 승리라 칭하는 리얼리티의 힘이 생겨난다. 어떤 사실이든 그 사실을 깊이 들여다보면, 그렇게 들여다보기 전에는 생각 못 한 사실을 발견하게 되기 때문이다. 가령 다음 단락을 보자.

보기27)

① 우리 어머니는 매우 알뜰한 분이다. 언제나 검소하게 생활하실 뿐만 아니라, 절약을 생활화하신다. 우리 집이 가난했기 때문이다.

② 우리 어머니는 무척 알뜰한 분이다. 옷 한 벌 함부로 사 입지 않으시고, 음식 찌꺼기도 함부로 버리시지 않는다. 텔레비전

은 삼촌이 쓰다 버린 걸 얻은 것이고, 냉장고와 세탁기는 몇 년 전에 이웃집에서 버린 것을 고쳐 쓰고 있다. 구멍 난 양말은 당연히 기워서 신고, 그래도 헐어서 구멍이 나면 묶어서 걸레로 쓰셨다. 하루는 쿠션이 터져서 보니 우리가 어렸을 때 신었던 양말들이 가득 들어있었다. 우리 형제는 서로 자신의 양말을 신어보며 잃어버린 반려동물이라도 만난 듯이 즐거워했다.

예문 ①과 ②는 모두 같은 주제를 다룬 단락이다. 두 단락 모두 "어머니는 알뜰한 분이다"가 주제문이다. 나머지는 이를 뒷받침해 주는 문장들이다. 그런데 예문 ①의 둘째 문장은 사실 첫 문장의 반복에 불과하다. '알뜰하다'와 '검소하다', 그리고 '절약하다'는 모두 동의어 반복에 불과하다.

그러나 예문 ②에서는 옷과 음식, 가전제품 및 생활용품 사용 방식을 통해 구체적 뒷받침 예증들을 달았다. 그래서 '무척 알뜰하다'고 할 때의 '무척'이라는 주관적 강조가 대체 어느 정도인지 분명하게 드러났다.

단락은 이처럼 구체적 뒷받침 문장이 잘 갖춰져 있어야 한다. 예문 ①은 어머니가 얼마나 알뜰한지 공감할 내용이 없다. 그러나 예문 ②는 '어, 우리 엄마도 그런데!' 하는 공감과 '와, 우리 엄마보다 훨씬 더 하셨구나!' 하는 공감과 감탄을 저절로 하게 만든다. 이뿐만 아니라 '단지 가난해서 알뜰했을지 모르지만, 알뜰해서 그만큼 재밌기도 했구나!' '이 가족은 가난해서 알뜰했던 일들을 즐거운 추억으로 간직하는 따뜻한 사람들이구나' 하는 정보까지 제공해 준다.

예문 ①은 얼마나 알뜰한지 알뜰해서 어떤 기분이고 어떤 마음인지 알려주지 않는다. 반면에 ②는 주제문을 구체화함으로써, 엄마가 얼마나 알뜰했는지, 그리고 그렇게 검소한 삶이 갖는 즐거움이 무엇인지 엿보게 만든다. 위의 예문을 대화 형식으로 옮겨보자. 어느 대화의 자리에 앉고 싶은가.

보기28)

첫째: 우리 어머니는 매우 알뜰한 분이셨어.

둘째: 맞아, 언제나 검소하게 생활하실 뿐만 아니라, 절약을 생활화하셨지.

셋째: 우리 집이 가난했기 때문이야.

보기29)

첫째: 우리 어머니는 무척 알뜰한 분이셨어.

둘째: 맞아. 옷 한 벌 함부로 사 입지 않으시고, 음식 찌꺼기도 함부로 버리시지 않으셨지.

셋째: 텔레비전은 삼촌이 쓰다 버린 것을 얻은 것이고, 냉장고와 세탁기는 몇 년 전에 이웃집에서 버린 것을 고쳐 썼잖아!

첫째: 아휴, 기억난다. 구멍 난 양말은 당연히 기워서 신고, 그래도 헐어서 구멍이 나면 묶어서 걸레로 쓰셨지.

둘째: 하루는 쿠션이 터져서 보니 우리가 어렸을 때 신었던 양말들이 가득 들어있었어.

셋째: 하하 맞아. 우리 서로 자기 양말을 신어보며 잃어버린 반려동물이라도 만난 듯이 즐거워했잖아!

구체적 뒷받침은 글쓴이가 말하고자 하는 실제 내용이 무엇인지를 드러내준다. 다시 말해 뒷받침 문장으로 단락을 충실하게 만드는 사람은 그만큼 자신이 하고자 하는 말을 정확히 인지하고 있는 사람이며, 정확하게 전달하는 정직한 사람이며, 그만큼 정확하게 독자와 공유할 가능성이 높다는 뜻이다.

*

하지만 타인과 대화를 한다는 건, 자기 자신과의 대화를 멈춘다는 뜻이고, 그 바람에 상대방 언어와 상대방 문제에 주목하는 자기기만이 수시로 일어난다. 에릭 번은 《심리 게임》에서 이러한 실례를 날카롭게 설명하고 있다. 가령, 엄마가 주방에서 친구와 커피를 마시는 동안 아들 조니가 장난감 자동차를 끌고 이방 저방 돌아다니고 있다. 그러다 갑자기 우당탕 소리가 들리기에 가보니 조니와 깨진 유리병 조각이 거실 바닥에 널려 있다. "누가 그랬어?" 엄마가 따지듯 묻자, 겁에 질린 지니가 둘러댄다. "멍멍이가."

엄마는 조니의 대답에 더 화가 났는데, 왜냐하면 강아지가 아까부터 밖에 있다는 사실을 알고 있었기 때문이다. 결국 엄마가 나무란다.

"거짓말하면 엄마 아들 아니랬지?"

말썽꾸러기 사내아이를 둔 엄마가 겪는 지극히 일상적인 대화 장면 같지만, 에릭 번은 이렇게 설명한다.

누가 꽃병을 깼는지는 분명하다. 따라서 누가 꽃병을 깼냐는 엄마의 질문은 표면적으로는 어른의 정보 요청이지만 심리적 수준에서 보면 사실은 조니가 거짓말하도록 유인하는 것이었으며, 조니는 그대로 했다.

여기에서 조니의 엄마는 조니에게 물어보기 전에 강아지가 밖에 있으며 아주 활동적인 조니가 깨진 꽃병 옆에 서 있다는 사실을 고려하지 못했다. 또한 아이가 사고를 치지 않도록 집안에서 사전 예방조치를 철저히 하지 못했다는 사실도 고려하지 못했다. 이 상황에서 엄마가 보일 수 있는 좀 더 적절한 반응은 “괜찮아? 다치지 않았어?” “놀랐지?” 하는 공감 물음이었을 것이다. 그다음에 “저리 물러나라, 다칠라” 혹은 “가서 빗자루 좀 가져오렴”이었을 것이다. 하지만 “누가 그랬어?”라고 강압적 추궁을 함으로써 “멍멍이가”라는 거짓말을 유도했다. 그런 다음 “거짓말하지 말랬지?”라고 나무라는 건 얼마나 어처구니없는 도착인가.

언제나 상대방과 대화 전후로 자신과의 셀프대화를 충분히 나눠야 좋다. 뭐든 대충 싸잡아 뭉뚱그려 말하는 통념 언어가 아닌, 스스로 더 깊이 생각하여, 자기만의 구체적 단락을 만들 수 있어야 한다.

가장 효율적인 ‘셀프대화’는 ‘글쓰기’다. 어떤 문제든 자신만의 창작 언어로 깊은 단락을 만들어보자. 하나의 단락으로 부족하면 두세 단락까지 ‘더’ ‘더더’ ‘더더

더' 만들어보자. 그러면 그만큼 분명해지고 그만큼 가벼워질 것이다.

11. 셀프대화 하기

1) 떠올린 모든 생각문장에 '정말 그런가?'라는 질문을 던져본다.

2) 자신이 떠올린 모든 생각문장에 최소 3개 이상의 뒷받침 문장을 달아본다.

3) 새로운 관점이나 이해가 나타날 때까지, '더' '더더' '더더더' 구체적인 뒷받침 문장을 달아본다.

12.

'너'에게 질문하기 (헬프대화)

말하기도, 글쓰기도, 자신을 표현하는 일이다. 글쓰기는 우선 자기 안의 여러 연상, 잡념, 발상을 낙서, 메모, 일기로 옮기며 시작된다. 그중 그럴 가치 있는 것들을 습작으로 이어간다. 그럼에도 미완으로 포기하는 경우가 태반이고, 완성하더라도 완성도가 낮으면 미발표작으로 묵히고 만다. 적어도 어느 정도의 완성도를 갖췄을 때만 발표한다.

말하는 과정도 마찬가지다. 낙서, 메모, 일기 수준의 잡념이 머릿속에서 숱하게 떠오른다. 이들 중엔 말을 않느니만 못한 생각들도 있고, 말로 하면 좋을 것도 있어서, 말로 하면 좋을 법한 것은 말로 해야 좋다. 하지만 못한 것들은 의당 발언하지 않는 게 낫다. 자기가 하고 싶은 말을 다하지 못하는 경우도 문제지만, 하지 않는 게 더 나은 말을 끝내 입 밖으로 꺼내는 것도 문제다.

문제가 있는 생각들 가령, 잘못된 생각, 빤한 생각, 한심한 생각, 얕은 생각, 불분명한 생각, 억지스러운 생각, 모순된 생각 등 좋지 않은 생각문장은 말로 표현하면 할수록 그에 상응하는 문제가 뒤따른다. 그런 생각들은 말로 표현하기보다 혼자만의 '셀프대화' 특히 '단락 만들기'로 풀어야 한다.

내 생각문장을 더 살피려면 셀프대화를 이어가고, 상대가 문제 있는 생각을 말하면 그 스스로 셀프대화를 이어가도록 돕는 '헬프대화'가 필요하다. '헬프대화'란 상대방 스스로 더 생각해 보도록 돕는 대화법을 가리킨다. 나의 의견을 말하는 게 아니라, 전적으로 너의 생각을 돕는 것이다.

사람들은 모두 자기 안에 무수한 종류의 이상한 생각을 갖고 있고, 가질 권리가 있다. 무수한 종류의 이상한 생각을 갖고 있는 만큼 풍부한 시너지가 일어나면서 독창적인 생각이 가능해지니까.

그러나 밖으로 표현하면 문제가 생긴다. 좋지 않은 생각문장을 말했다는 것은 내가 셀프대화를 충분히 하지 않았다는 반증이다. 또한 어떤 사람이 문제 되는 말을 했다는 것은 결국, 스스로 셀프대화를 이어가지 못하고 있다는 고백에 불과하다.

헬프대화는 어떤 사람이 문제적 발언을 하면, 그 사람이든 그 사람 말이든 '문제적이다'라고 생각하지 않는다. 그저 셀프대화를 보다 깊이 이어가기만 하면 아무 문제가 없을 거라는 관점으로써, '너'의 셀프대화를 도우려는 대화법이다. '너'의 말은 틀리고 '나'의 말은 옳다는 주장과 달리 너의 생각을 너 스스로 더 깊이 생각할 수 있게끔 돕는 일이다.

따라서 나는 어떤 의견도 갖지 않는다. 다만 상대가 더 나은 생각문장을 이어갈 수 있다는 믿음만 갖는다. 상대가 더 나은 생각을 이어가도록, 분석적 질문, 종합적 질문, 요약적 질문, 논쟁적 질문 등 다양한 질문으로 돕는다. 소크라테스의 산파술은 헬프대화의 가장 좋은 일례다.

소크라테스는 언제나 나는 아무것도 모른다는 자각과 함께 대화를 시작하기 때문에 자기 의견을 개진하기보다, 상대방 의견을 듣는다. 대신 상대방 의견이 분명한 지혜인지를 살핀다. 이러한 대화 자세는 상대방 문제점을 파헤치려는 의도보다는, 상대방이 보다 명료한 사유를 하도록 돕는다. 상대방이 셀프대화만 제대로 했다면 스스로 알고 있을 내용을 헬프대화로써 드러내기 위함이다.

소크라테스는 우리는 아무것도 모른다는 '무지의 자각'으로 유명하지만, 인간은 이미 모든 것을 알고 있으며 다만 상기만 하면 된다는 '상기론'을 주장했다. '무지의 자각'과 '상기론'은 일면 모순되어 보인다.

그는 자신이 '가장 현명한 사람'으로 신탁 받은 이유를, 그들은 "아무것도 알지 못하면서 알고 있다고 생각하지만, 나는 알지도 못하고 또 안다고 생각하지도 않기 때문"으로 보았다.

그런가 하면 《메논》에서는 오직 질문을 통해 무지한 소년으로 하여금 피타고라스 공리를 풀게 한다. 모든 사람이 자기 안에 이미 지혜를 갖추고 있어 그들을 가르칠 필요 없이, 다만 그들이 갖고 있는 본연의 지혜를 질문을 통해 상기시키기만 하면 된다고 믿었다.

소크라테스는 자신은 아무것도 모른다는 '무지의 자

각'으로 겸손한 자세를, 상대방은 스스로 이미 지혜롭다는 '상기론'으로 타인을 존중하는 자세를 동시에 견지했다. 그래서 그에게 필요한 대화는 오직 올바른 질문으로써의 '헬프대화'뿐이었다.

자네가 어떤 사람이든 그에게 올바른 방식으로 질문을 한다면 그는 스스로 옳은 대답을 찾아낼 걸세.

소크라테스는 "나는 모른다. 내가 아는 것이 있다면 나는 모른다는 사실뿐이다. 그러나 너는 아직 몰라도 이미 알고 있다"라는, 더없이 겸손한 역설적 자세로 대화한 사람이다.

이러한 산파술의 태도는 타인과 대화 나눌 때 가장 바람직한 대화 자세다. 자신을 가장 낮은 자리에 놓고, 상대를 가장 높은 자리에 놓는다. 그럼으로써 자기가 아는 것을 가르쳐주려는 게 아니라, 사고하는 과정을 스스로 열어가도록 돕는다.

모든 생각은 문장으로 이루어진다. 그러나 완벽한 문장이란 존재하지 않는다. 문장의 조합은 언제나 무한해서 얼마든지 더 나은 문장 표현이 가능하다. 그렇다면 결국 완벽한 생각 역시 존재하지 않는다. 우리가 하는 생각 역시 마찬가지다. 지금 당신이 아무리 놀라운 생각을 하고 있더라도, 지금 하는 생각보다 언제나 더 나은 생각이 가능하다.

헬프대화는 지금 하는 생각문장보다 더 나은 생각문장이 네 안에서 얼마든지 가능하다는 전제로 함께 찾아나간다. 어찌 보면 '너' 중심의 셀프대화일 것이다. 일시적인 따라 하기나 역지사지를 말하는 게 아니다. 대화가 끝날 때까지 따라 하기와 역지사지를 이어가는 가장 적극적인 '너-중심의 대화법'을 말하는 것이다.

아이러니하게도 셀프대화를 잘하는 만큼 헬프대화를 할 수 있다. 셀프대화를 이어가는 사람은 타인과 만나서 특별히 뭔가를 주장하지 않는다. 충조평판하지 않는다. 타인을 충조평판하고도 자신이 주장할 게 남아있다는 건, 그 문제에 대한 셀프대화를 충분히 하지 않았다는 뜻이다. 셀프대화를 잘하는 사람은 궁금한 점을 질문하는 헬프대화로 타인의 더 나은 생각문장을 끌어낸다.

12. 헬프대화 하기

1) 나는 잘 모른다는 태도를 견지한다.
2) 그러나 상대는 스스로 더 나은 생각문장을 만들 수 있다는 믿음을 갖는다.
3) 나는 어떤 충조평판도 하지 않은 상태에서, 상대방 대화에 대해, 상대방이 더 깊이 생각해 볼 수 있도록, 오직 질문형 문장으로 잇는다.

13.

'지금 여기'의 대화

나는 가급적 할 말을 미리 생각해둔다. 특히 공개적인 강의나 인사말을 해야 할 때, 혹은 프레젠테이션 할 때는 미리 대본을 써보고 연습까지 해본다. 성실한 준비를 해둬야 성실한 발표가 가능하다.

하지만 일상 대화에서는 미리 해둔 생각이 방해될 때가 많다. 혼자 미리 준비해둔 생각이란, 대개 '너'와도 무관하고 분위기와도 무관한, 그야말로 나 혼자만의 생각이기에 그렇다.

뛰어난 현자들은 생각이란 걸 미리 하지 않았던 것 같다. 소크라테스는 아테네 청년들에게 항상 *"자네들이 먼저 말해 보게. 나는 그것으로 판단할 테니까"*라고 말했다. 석가모니는 *"나는 경우에 따라 말하는 사람"*아함경이라고 했다. *"나는 마땅히 이러이러하게 대답하리라고 미리 준비한 일도 없다. 여러 현자들이여, 나는 다만 그 자리에 맞게 이치대로 대답할 뿐이다."*중아함경 예수 역시도 복음을 전파하도록 제자들을 보내며 말했다. *"무슨 말을 할까, 미리 걱정하지 말아라."*마태복음

할 말을 미리 생각지 않는다는 건, 그만큼 정직하게 자신의 마음 그대로를 말하고자 하는 양심이다. 이뿐만 아니라, 너의 말을 충분히 들어보기 전에 나의 말을 결정하지 않겠다는 양보이고, '지금 여기'의 상황에 맞지 않으면 말하지 않겠다는 겸손이다.

대화는 '지금 여기'라고 하는 특정 현장 속에서 벌어지는 수행적 언어다. 말하고 싶은 대로 말하는 게 아니라, '지금 여기'에서 말해도 좋겠다 싶을 때 비로소 말해야 한다. 올바른 말도 '지금 여기'에 맞지 않으면 해롭기만 하다. 상황과 분위기에 맞게 말해야 말에 힘이 실린다.

같은 말도 상황과 분위기에 따라 다르게 전달된다. 소란스러운 분위기에서 긴 대화는 피로하다. 다급한

상황에서 두터운 단락 만들기는 곤란하다. 돌탑을 쌓고 있는 사람에게는 그 어떤 예쁜 돌도 필요하지 않다. 오직 돌탑 기울기를 바로잡아줄 돌이 필요하다. 신발에 돌멩이가 들어간 사람은 무엇보다 그 돌멩이부터 빼고 볼 일이다.

무엇보다 '지금 여기'에 있는 너의 상태와 기분과 감정에 알맞게 말해야 한다. 너의 상태와 기분과 감정이 내 말을 받아들일 수 있는 상황이 되기를 기다려야 한다. 무엇보다 내가 말하고 싶을 때 말하는 게 아니라, 상대가 듣고 싶어 할 때 말해야 한다. 상대가 듣고 싶어 하는 때가 아닌데, 내가 하고 싶어서 하는 말은, 결코 온전히 전달되지 않는다.

내가 말하고 싶을 때 말하지 않고, 상대가 듣고 싶을 때 말하는 것이 얼마나 어려운 일인지, 하지만 실현되기만 하면 얼마나 짜릿한 일인지, 경험해 본 사람은 알 것이다. 이 순간의 말은, 소리에 힘을 넣지 않아도, 상대방 마음에 또렷한 소리로 담긴다.

하지만 '지금 여기'라는 말은 너무 모호하다. 거의 모든 명상가들이 '지금 여기'에 집중하라고 말한다. 얼핏 당연한 말 같다. 지금 여기에 집중하지 않고 '아까 거기'나 '나중 저기'에 집중하면 지금 내 앞에 펼쳐져 있는 현실을 놓치고 만다. 그런데 '지금 여기'에 집중하려할 때마다 의문이 든다. 대체 '지금 여기'란 어디를 가리키는 말인가.

'지금'이란 1초 단위의 지금인가. 1초 이후는 과거이고 1초 이후는 미래인가. 아니면 1분 전후까지 지금인가. 10분 전후까지가 지금인가. 화장실 다녀온 후는 지금이고 화장실 다녀오기 전은 지금이 아닌가.

'여기'는 어디인가. 내 방을 가리키는가. 내 집을 가리키는가. 서울을 가리키는가. 지구를 가리키는가. '지금 여기'에 집중하라는 말은 '지금' '여기'로 들려오는 귀뚜라미에 집중하라는 소리인가. 비치는 불빛에 집중하라는 소리인가.

위빠싸나 명상에서 '지금 여기'란 나의 시공간이라기보다, 나의 신수심법身受心法을 가리킨다. 특히 생각하는 동물인 인간에게 '지금 여기'란, 지금 머릿속으로 떠올리는 생각문장을 가리킨다.

대화할 때는 나의 신수심법이 대화에 최적화되어야 한다. 먼저 몸身 — 나의 몸 상태가 좋아야 한다. 나의 몸 상태와 컨디션이 더 좋은 생각문장을 고를 수 있어야 한다. 적어도 자신의 몸 상태를 체크해 자신의 말이 몸 상태로 인해 영향받은 말인지 아닌지 살펴야 한다. 아프거나 피곤할 때면 선병질적인 사람이 되어 부정적인 말이 튀어나오기 쉽다.

다음으로 느낌受 — 나의 느낌, 기분, 정서, 감정 등이 맑아야 한다. 화나 슬픔, 우울이나 불안, 흥분이나 스트레스 등의 부정적 감정에 빠져 있을 땐 대화를 삼가는 게 상책이다. 평화로운 평상심 상태로 회복됐을 때를 기다려 대화해야 한다. 평상심을 잃으면 최선이 아니라 차악 내지 최악의 말이 튀어나온다.

그다음엔 마음心 — 마음이 활짝 열려 있어야 한다. 닫힌 마음은 억압, 부정, 퇴행, 반동, 합리화, 일반화 등 다양한 방어기제를 작동시킨다. 닫힌 마음은 자신이 원하는 방향으로 모든 생각문장을 자기도 모르게 왜곡하여 스스로 속게 만든다. 방어기제의 도착 없이, 있는 그대로 수용하는 맑은 마음 상태일 때 대화를 해야 한다.

마지막으로 법法 — 나의 생각, 주장, 관념 등을 고집하지 말아야 한다. 대화는 나의 생각을 전달하는 게 목적이 아니다. 대화는 나의 생각과 너의 생각이 한 문장씩 연결되어 대화 이전보다 더 나은 생각문장을 창작하는 작업이다. 대화란 너를 통해 '그전까지의 내 생각, 주장, 관념을 넘어서는 나'를 만나는 행위다. 따라서 그 어떤 상황에서도 더 나은 생각문장을 가정하고 열려 있어야 한다.

*

나의 신수심법身受心法이 모두 맑고 여유로운 상태일 때 대화를 해야 한다. 내 심신이 여유로운 상태, 내가 고집할 주장이 없고, 나와 다른 상대방의 말을 담담히 들어줄 여유가 있을 때가 대화하기에 제일 좋은 시간이다.

내 심신은 여유롭고, 네 심신도 여유롭다면 제일 좋지만 이런 시간이 오길 기다리기 어려울 때가 많다. 그 다음으로 좋은 시간은 내 심신이 여유롭고, 네가 내게 할 말이 있을 때다. 너의 심신이 여유롭지 못하더라도, 나만 여유롭다면, 적극적 듣기로 상대방 마음을 열 수 있다.

문제는 감정의 변화다. 내 딴에는 평화로운 적극적 듣기로 대화를 시작해 보지만, 하다 보면 온갖 감정의 정동affect이 일어난다.

정동은 나의 생각문장을 바꿔놓고, 나의 말투와 어조, 발음 속도와 표정과 동작 등을 바꿔놓는다. 정동은 언어 메시지뿐 아니라, 청각 메시지나 시각 메시지로 전달된다. 어조, 악센트, 발음 세기와 속도, 얼굴 표정, 시선처리, 낯빛 색깔, 땀 분비량이나 맥박 속도 등이 의식적 무의식적으로 도미노처럼 상대를 자극 변용시킨다.

특히 감정은 신경계를 통해 의식하거나 조절하기도 전에 일어나고, 일어나면 일정 시간 생리적 변화와 신경계 변화를 일으켜, 생각문장에도 변용을 일으키고, 일정한 시간이 지난 다음에야 사라진다. 가령, 화내는 내 모습은 열이면 열 다 창피하다. 그럼에도 감정은 의식하기 전에 일어나고, 의식하더라도 통제가 쉽지 않다. 일단 화가 나면 난 만큼 화를 내고야 만다. 하지만 화를 낼 만큼 내고 나면, 결국은 평화로운 평상심으로 돌아온다. 어떤 화도 시간을 이기지는 못한다.

어떤 이유로든 화가 나면 참기 어렵다. 하지만 화를 낼 만큼 내고 나면, 결국은 평화로운 평상심으로 돌아온다. 어떤 화도 시간을 이기지는 못한다.

다시 평상심으로 돌아오고 나면, 화가 나는 순간엔 분명 화를 내야 할 만큼 냈을 뿐인데, 그렇게까지 낼 필요가 있을까 싶을 만큼 지나치게 많이 낸 것을 알게 된다. 화가 날 땐 마땅하게 느껴지던 화가 평상심이 되어 돌아보면 언제나 지나치게 많이 낸, 불필요한 화로 변해 있는 것이다.

내 뼈아픈 경험들에 따르면, 대화의 최고 난적難敵은 부정적 감정이다. 화나 슬픔, 우울이나 불안, 흥분이나 스트레스, 불신이나 조급증 등의 부정적 감정에 빠지면 뇌 활동이 경직되면서 평상시 생각보다 더 나쁜 행동과 결과를 낳는다. 부정적 감정은 생각문장 자체를 부정적으로 바꿔치기한다. 가령 기분 좋은 상태에서 아이가 놀면 "우리 애는 활달해" 같은 생각문장이 떠오르지만, 부정적 감정 상태일 때는 "재는 너무 산만해" 같은 생각문장이 떠오른다. 아이에게 화난 상태에서는 아이가 울면 "뭘 잘했다고 울어?" 같은 문장이 떠오르고, 아이가 웃고 있어도 역시나 "뭘 잘했다고 웃어?" 같은 문장만 떠오른다.

부정적 감정 상태에서는 일체의 생각문장을 만들지 말아야 한다. 내 경험에 따르면, 입 다물고 푹 자는 게 제일 좋다. 부정적 상태로 누군가를 만나면 그 사람에게까지 부정적 감정을 전이시킨다. 부정적 감정 상태로는 혼자 생각을 해도 안 된다. 머릿속으로 쉼 없이 부정적 생각문장을 만든다. 이때 만들어진 편협한 생각문장들(가령, '인간은 믿을 게 못 돼' '사기꾼 투성이야' '구제불능이야' 등등)이 내 머릿속에 똬리 박혀 평상시까지 영향을 미친다.

말한 대로 감정을 이기는 것이 있다. 바로 시간이다. 감정은 일정 시간 동안만, 변용을 일으킨 뒤 자연스레 사라지는 특성을 갖고 있다. 나는 그래서 생각도 않고 잔다. 자는 수밖에 없다. 시간에게 맡기고.

차선책이긴 하지만, 차라리 아무도 없는 차 안이나 방에서 혼자 화를 낼 만큼 화를 내는 것도 묘안이다. 울고 싶은 만큼 우는 것도 묘안이다.

감정이란 일정 시간 동안 일정 변용을 일으키지만, 일정 시간이 지나면 자연스럽게 사라진다. 또한 감정은 신기하게도 그 감정을 표출하고 나면 사라진다. 그런 점에서 물질과 다르다. "나 여기 돈 있다"라고 말한다고 돈이 사라지지는 않는다. 그러나 화난 만큼 화를 내고 나면 화는 사라지고 없다.

화가 날 땐 화가 나는 만큼 화를 내고, 슬플 땐 슬픈 만큼 슬퍼하고 나면, 평화로운 마음 상태로 저절로 돌아간다. 아무리 화가 나도 그에 상응하는 만큼 화를 내고 나면, 아무리 슬픈 일을 겪어도 그에 상응하는 만큼 슬픔을 토하고 나면 사람은 평상심으로 돌아온다.

어떤 슬픔은 몇 날 며칠 혹은 몇 달을 슬퍼하고 울어야 끝이 난다. 결국, 자기가 받은 충격에 상응하는 감정을 표출하고 나면 그 감정은 사라지고, 평상심으로 돌아온다.

*

부정적 감정 상태로 대화하는 건 좋지 않지만, 대화는 사교적 행동이기에 필수 불가결한 상황도 있다. 사교란 생각뿐 아니라 감정까지 나누는 것이다. 내게 기뻤던 일, 속상했던 일, 부끄러웠던 일, 화가 났던 일, 슬펐던 일 등 자기 안의 다양한 감정을 서로 나누는 것이다. 따라서 부정적 감정 역시 표현하지 않을 수 없고, 들어주지 않을 수 없다.

이때 잊지 말아야 할 중요한 사실은, 감정이란 표출

한 만큼 사라지고, 표현한 만큼 사라진다는 사실이다. 시간 다음으로 감정을 이기는 것이 표현이다. 특히 그 표현에 대한 공감을 받으면 더욱 빠르게 사라진다. 여기 돈 있다고 말해도 돈은 사라지지 않지만 화가 난다고 말하면 화는 사라지는 아이러니. 그래서 내가 하고 싶은 말을 실컷 하고 나면 내 감정이 사라지고, 상대 역시 하고 싶은 말을 다 하게끔, 대신 내가 적극적으로 들어주기만 하면 상대가 말을 하게 된 감정이 스러져 버린다.

이러한 감정과 언어의 엇박자 관계 때문에 적잖은 혼란이 생긴다. 가령, 내가 너에게 화를 낸다. 그걸 네가 다 들어주고 나면 나는 화가 풀린다. 그런데 네가 중간에 말을 자르고 마주 앉아 똑같이 화를 낸다. 그러면 화는 증폭된다. 잠자코 다 들어주었다면 그것만으로도 내 화는 사라지는데!

감정과 대화는 이렇게 언밸런스한 엇박자 관계다. 이번엔 내가 너에게 A에 대해 화내는 경우를 생각해 보자. 내가 너에게 A를 비난할 만큼 하고 나면 내 마음이 풀리고 내 안의 불만은 사라진다. 오히려 A를 그렇게까지 비난할 건 아닌데, 하는 미안한 마음이 대신 자리한다.

그런데 A에 대한 비난을 공감하며 들은 너는, 새로 얻은 정보로 A를 비난하는 말들을 퍼뜨린다. 나는 그 감정이 사라졌는데, 너는 그 감정에 사로잡혀 말을 퍼뜨린다. 그러면 그새 평상심을 찾은 나는 너에게 "입이 가볍다" "내가 언제 그렇게 욕했냐" "왜 이간질이냐" 같은 불만을 터뜨린다.

좋아하는 사람끼리는 언어 메시지보다 감정 메시지를 나눌 때가 많다. 그런데 감정은 시간이 지나면 사라진다. 또한 표현하고 나면 스러진다. 공감받으면 더욱 빨리 소멸한다. 이 엇박자를 잘 인지해야 한다.

내가 감정적으로 말하고 나면 반드시 다음과 같이 매듭을 짓는 게 중요하다. "너에게 이렇게 다 말해버리고 나니까 기분이 많이 나아졌어. 다시 좋아졌어." 기왕이면 "아까는 감정이 격해서 너무 심하게 말했네. 창피하게"라고 보태면 더 좋을 것이다. "이제 다시 내 본래 모습으로 돌아온 것 같아. 다 네가 들어준 덕분이야."

또한 상대방이 내게 감정적으로 말한다면, 그 스스로 평상심을 되찾은 표정이 될 때까지 적극적 공감만 해주면 된다. 조언을 할 필요도, 해결 방법을 찾을 필요도 없다. 다만 감정이 풀릴 만큼 충분히 공감해 주는 게 중요하다. 감정이 풀릴 만큼 공감해 주지 않고 조언이나 해결 방법을 모색하는 건, 상대방의 부정적 감정을 계속 증폭시키는 꼴이다.

그냥 적극적 듣기만 하면, 상대는 말하기를 통해 감정이 풀리고, 말하기가 끝나면 저절로 평상심을 되찾고, 평상심을 되찾으면 자기 방식으로 알아서 대처할 것이다.

내가 감정적 말하기를 끝내고 나면, 감정이 풀렸다고 말해야 하고, 상대가 감정적으로 말하면 감정이 풀린 표정을 확인하는 것으로 족하다.

*

아이러니하게도, 심신이 더없이 맑고 여유로운 상태, 그래서 애써 굳이 어떤 말을 하고 싶지 않은 상태가, 대화를 하기에 제일 좋은 상태다. 그래야만 나-중심의 일방 대화가 아니라 너-되기의 대화가 가능해진다. 더없이 맑고 여유로운 상태란, 아무 말 하지 않아도 좋은 상태이면서 동시에 상대방의 여러 기미에 그만큼 민감해지고 궁금해지는 상태다. 사실 내가 맑게 활짝 열려 있으면, 구름이나 나무, 풀이나 꽃과 만나도 저절로 인사 나누고 아이처럼 대화 나누게 된다.

대화를 시작할 때는 언제나 '지금 여기'를 체크해야 한다. 이제까지 말한 대로, 지금 여기의 분위기, 지금 여기의 너, 지금 여기의 나를 살펴야 한다. 특히 나의 신수심법身受心法을 체크해야 한다. 마지막으로 지금 여기에서의 한 문장 한 문장에 전념해야 한다.

대화를 결코 서두르면 안 된다. 대화에 목적을 정해두고 이끌면 안 된다. 매사 그렇듯, 정말 좋은 결과를 얻으려면, 과정 자체가 좋아야 한다. 《어린 왕자》에서 어린 왕자가 주정뱅이와 얘기 나누는 부분을 기억할 것이다. 주정뱅이에게 어린 왕자가 묻는다. "술을 왜 마시나요?"

주정뱅이는 "술을 마신다는 사실이 부끄러워 잊어버리기 위해서다"라고 답하지 않는다. 이렇게 명쾌히 대화하면 주정뱅이답지 않다. 대화의 재미도 느껴지지 않는다. 한 문장 한 문장 궁금하게 나선형으로 이어져야 한다.

원문은 다음과 같다.

① "왜 술을 마시나요?"

② "잊어버리기 위해서다."

③ "무엇을 잊으려는 건가요?"

④ "부끄러움을 잊으려는 거야."

⑤ "무엇이 부끄러운데요?"

⑥ "술을 마신다는 사실이 부끄러워."

①에서 ⑥까지 분절되어 한 문장씩 이어져야 재밌고, 주정뱅이답고, 독자가 연민과 웃음을 경험한다. 이렇게 한 문장 한 문장 주고받는 대화 과정 자체를, 그 어떤 부분도 생략 불가능한 음악처럼 누려야 좋다. 그런 점에서 '지금 여기'의 대화란, 최종적으로 지금 여기서 너와 내가 나누는 대화에 집중하는 걸 뜻하고, 정확히는 지금 네가 말한 문장, 그리고 내가 이어갈 문장 하나에 몰두하는 걸 뜻한다. 그 아슬아슬하고 온갖 생각 문장을 떠올려볼 수 있는 창작 과정 자체를 즐기는 태도가 제일 매력적인 대화법이다.

13. '지금 여기'의 대화

1) '지금 여기'의 상황과 분위기에 맞게 대화한다.
2) '지금 여기'에 있는 너의 기분과 감정에 맞게 대화한다.
3) '지금 여기'에서 만들어진 '너의 문장' 하나와 그에 따른 '나의 문장' 하나하나를 최선의 창작으로 잇는다.

4부

몰입

어떻게 대화하지 않을 수 있을까

잠깐만 아무 말 하지 말까요?

14.

신비한 대화

지금까지 사랑의 대화를 위한 13가지 규칙을 살펴보았다. **1. 적극적 듣기, 2. 적극적 말하기, 3. 적극적 살피기, 4. 적극적 (불)일치하기, 5. 적극적 따라 하기, 6. 나의 문장 바꾸기, 7. 너의 문장 바꾸기, 8. 문제 분리와 브레인스토밍 하기, 9. 시간과 함께 대화하기, 10. 창작 언어로 말하기, 11. 나에게 질문하기, 12. 너에게 질문하기, 13. '지금 여기'의 대화.**

어떤 독자는 투덜거릴 것 같다. 실제 대화는 예상치 못한 방식으로 빠르게 전개되는데, 13가지나 되는 규칙을 어떻게 하나하나 지키란 말인가? 나 역시 대화를 해보면 이들 중 하나도 지키기 어렵다.

머리를 쥐어뜯으며, '제길, 이번에도 열세 가지 규칙

중에 단 하나도 제대로 지키지 못했네!' 하는 자탄만 거듭할 뿐이다. 그런데 바로 이것이 사랑할 때 지켜야 할 규칙들을 여러 각도로 꼽아본 이유다.

아무리 노력해도 어느 하나 제대로 지키기 어려운 것이 사실이다. 대신에 대화를 하고 나면 대화 내용이 아무리 불만스럽더라도, 더는 상대 탓을 하는 게 아니라, 내 문제로써 살펴볼 수 있게 된다.

이처럼 대화의 문제를 나와 너의 문제가 아니라 나의 문제로 살펴볼 때야 비로소 상대로부터 자유로워지고 자율적 주체가 회복되며, 더 바랄 게 없게 된다.

모든 대화가 내 문제를 체크해 주는 더없이 좋은 절차탁마切磋琢磨의 동기가 되어준다.

눈치 빠른 독자는 비록 열세 규칙으로 나누어 적시하긴 했지만, 알고 보면 하나로 연결되어, 어느 하나만이라도 충실히 지키려고 하면 나머지도 자연스레 실천할 수 있다는 걸 느꼈을 것이다.

적극적으로 말하고자 하는 사람은 응당 적극적으로 들으려 할 것이고, 적극적으로 듣기 위해서는 적극 살피고 적극 공감하고 적극 일치시킬 수밖에 없다. 더 나은 생각문장으로 말하기 위해 질문하고 창작하고 브레인스토밍할 것이다.

정말로 눈치 빠른 현명한 독자는 이 규칙들을 실천하려면, 나를 완전히 비우고 너로 채워야 한다는 사실까지 깨닫고 있을 것이다. 좋은 대화란, 내가 하고 싶은 말을 하는 게 아니다. 상대가 하고 싶은 말을 듣는 것도 아니다. 상대가 더 나은 생각문장을 찾도록 믿고 돕는 것이다. 그렇게 함으로써 나 역시 처음 하려던 말보다 더 나은 생각문장을 찾게 되는 사건이다.

대화 전, 대화 중, 대화 후의 나와 너, 모두가 변화하는 사건이다. 정확히 말해 한 문장 한 문장마다, 한순간 한순간마다 다시 태어나는 사건이다. 얼마나 멋진가.

어쨌거나 꼼꼼히 읽은 독자라면, 내가 글쓰기 대화법으로 제시한 방법은, '더 나은 생각문장을 만들어 이어가는 것'임을 숙지했을 것이다. 당신은 대화를 잘하려고 애쓸 필요가 없다. 상대 마음을 알려고 애쓸 필요도 없다. 대단한 지식도 대안도 필요 없다. 다만 '그가 지금 던진 눈 앞의 문장을 잘 듣고, 그에 상응하는 최선의 문장으로 잇기' 이것만 하면 된다. 얼마나 쉬운가. 네가 말하면 네 말을 최선을 다해 듣고, 내가 말할 땐 최선의 생각문장을 만들어 최선으로 잇기!

나는 이것이 세상 갈등을 가장 가볍고 가장 쉽게 다루는 방법이라 생각한다. 문제는 문제가 일어난 대상이 아니라, 그것을 이루는 부분에서 발생한다. 시계가 고장 나면, 시계 자체가 고장 난 것 같지만, 시계를 구성하는 부품 어느 하나가 고장 난 것에 지나지 않는다. 세상 만물은 그 자체를 구성하는 보다 작은 부분들로 되어있고, 그래서 어떤 문제든 대상 전체가 아니라 대상의 작은 일부만이 문제다.

인생을 잘 살려면 하루를 잘 살면 된다. 인생은 무수한 하루 단위로 존재하기 때문이다. 오직 하루 단위로만 되어있기에, 매일 오전 시간만 잘 보내도, 인생의 1/3을 잘 보낸 것이 된다. 마찬가지로 대화 전체를 잘하기보다, 한 문장 한 문장 더 나은 생각문장을 찾으면 된다.

서로 간에 갈등이 없을 때는 무슨 말이든 자유롭게 해도 좋다. 유쾌하게 즐겁게 뭐든 수용할 수 있다. 갈등이 없는 서로 사랑하는 관계에서는 엉뚱한 말, 재치 있는 농담, 바보 같은 실언이 오히려 대화를 풍요롭게 해준다. 하지만 풀어야 할 갈등이 있는 대화에서는 이제까지 제시한 방법들로 한 문장 한 문장, 최선을 다해 만들어 잇기만 하면 된다. 얼마나 가볍고 쉬운가.

*

글쓰기를 가르치면서 나는 늘 궁금했다. 이 사람은 왜 이런 문장을 만들고, 저 사람은 왜 저런 문장을 만들까. 왜 같은 경험을 하고도, 다른 문장을 만들까. 왜 똑같이 한 번뿐인 생을 살면서 A는 "인생은 한 번뿐이어서 허무해!"라고 말하고 B는 "인생은 한 번뿐이어서 소중해!"라고 말할까. 왜 똑같은 귤을 모두 맛있게 먹고 나서 A는 "아, 귤 참 맛있다!"라고 말하고, B는 "나는 귤을 정말 좋아해!"라고 말할까.

왜 똑같이 아홉 번씩이나 실패를 반복해도 A는 "계속 실패하니까 더는 해볼 자신이 없다"라고 말하고 B는 "많은 실패를 했기 때문에 성공할 확률이 높아지고 있는 거야"라고 말하고 C는 "아홉 번이나 실패했으니까 한 번 더 실패해서 열 번 채우지 뭐"라며 웃어 보이는 걸까.

친구가 귤 하나를 꺼내 먹자, 왜 A는 "걔가 내 귤 하나를 가져갔어. 내 귤 하나가 줄어들었지 뭐야. 귤이 세 개 있었는데 두 개밖에 못 먹었어. 정말 짜증 나지 않냐"라고 투덜거리고, 같은 경우를 당한 B는 "나한테 귤이 세 개 있었는데 걔가 하나 먹고 나는 두 개 먹었어. 내가 두 배나 더 먹은 거야. 비타민도 두 배 섭취했겠지만 살도 두 배로 찔지 몰라"라며 웃을까.

틀림없이 다른 생각문장, 더 나은 생각문장이 존재한다. 우리는 분명 같은 경험을 하고도 다른 생각문장, 더 나은 생각문장을 창작할 수 있다. 그런데 정말 자율적으로 창작할 수 있을까.

말은 긍정적으로 창의적으로 사용해야 한다는 사실을 우리 모두 잘 알고 있다. 그런데 왜 보다 긍정적으로 창의적으로 사용하지 못하는 걸까. 왜 어떤 사람은 빼어난 생각문장을 쓰고, 어떤 사람은 그러지 못하는 걸까. 어째서 어떤 사람은 평범한 작가가 되고, 어떤 작가는 빼어난 작품을 창작하는 걸까.

분명한 건 더 나은 생각문장을 많이 만나야 좋다는 사실이다. 우리가 가장 쉽게 가장 빨리 가장 깊은 대화를 연습하는 방법은 쓰기와 읽기다. 밤을 새워 자신이 사용할 수 있는 최선의 생각문장을 탐색하는 쓰기와, 그렇게 최선을 다해 출간된 책을 꼼꼼히 밑줄 긋는 읽기는, 인류가 만들어낸 가장 효과적인 대화 공부법이다.

*

'글쓰기 대화법'을 공부하기 전까지만 해도, 나는 대화에 대한 세간의 통념 문장들을 그대로 믿고 살았다. 가령 '세상에 믿을 사람 아무도 없다' '솔직하게 말해봐야 자기만 손해다' '말해봐야 내 입만 아프지' '말할 때뿐이다' '말로 해서는 듣지 않는다' '다들 말만 번드레할 뿐, 실제로는 말 따로 행동 따로다' '소귀에 경 읽기다' 등등, 여러 문장 속에서 나를 속이며 살았다.

진실한 대화는 불가능하며, 정직하게 말해봐야 자기만 손해라는 투의 자기중심적인 체념적 통념들을 무기 삼아 남 탓하기 일쑤였다. 하지만 글쓰기 대화법을 공부해 보니, 대화만큼 놀랍고 신비한 사건도 없다. 일단 모든 사람은 솔직하다. 십만 명에 한 명쯤 있다는 유별난 사이코패스를 제외하면, 나머지 모든 사람은 언제나 정직하다! 속이는 사람은 아무도 없다! 딴에 속인다고 속일 때조차, 음성과 표정, 눈빛과 시선처리 등을 통해 자신의 균열과 진실을 표현한다.

상대가 나를 속일 수 있는 경우란, 상대가 표현한 메시지를 내가 미처 포착하지 못했을 때뿐이다. 상대 표현보다 내 인식이 성글면 놓친다. 반면에 상대방의 작고 사소한 기미조차 놓치지 않을 만큼 내가 맑은 마음으로 집중하면, 균열과 이면을 눈치채지 않으려야 않을 수 없다. 더구나 친구, 연인, 부모, 가족 등 사랑하는 관계라면 낱낱이 표현하거나 표현된다.

말은 마음을 언어로 선별하여 상대에게 건네는 일이다. 마치 자기 주머니 속의 물건들을 꺼내 상대 손에 쥐어주듯, 말로 자기 마음을 꺼내 내 귀에 넣어준다. 이렇게 마음은 대부분의 말로 표현이 다 가능하다.

상대방이 말할 분위기를 만들고, 상대방이 말할 수 있게 질문하고, 상대방이 말하면 새겨듣고, 상대방이 다 말할 때까지 자르지 않으며, 상대방이 다 말한 듯할 때도 혹시나 더 하고 싶은 말이 남아있지 않을까 기다려주는 행동은, 사실 상대방을 위한 행동이기보다는, 상대방 마음속의 것들을 자백 받으면서 선물 받는 행동이다.

그런데 이 선물을 받기 위해서 나는 온전히 '너-되

기'를 해야 한다. 나는 내 생각을 비우거나 괄호치고 침묵해야 한다. 오직 상대방에게 집중해서 상대방을 느껴야 한다. 사랑은 언제나 에고를 완전히 죽인다.

이 지점을 통과해야만 더 나은 생각문장이 나타난다. 사랑은 기꺼이 자신을 죽인다. 지금의 생각문장을 버리고 더 나은 생각문장을 발명해야 한다.

*

사람을 만나기 전에, 중에, 후에 하는 세 번의 대화는 매우 중요하다. 너를 만나기 전에 내 생각문장을 가다듬고, 너를 만나 더 나은 생각문장을 찾아내고, 헤어져 혼자가 된 뒤에 다시 한번 더 나은 생각문장을 찾아보는 것만이 대화를, 보다 나은 대화로 만들 수 있다.

특히 다시 혼자가 되어 복기해 보는 세 번째 대화야말로 가장 중요한 대화가 아닐까. 세 번째 대화를 통해서야 비로소 나 스스로의 문제로 대화를 살필 수 있고 더 나은 최선의 생각문장을 찾아낼 수 있다.

대화가 잘되면 좋지만 안 될 경우도 생각해야 한다. 더구나 그 대화가 '너'가 아니라 '나'가 못한 사실을 인정해야 할 때면 참담함은 말로 다 표현할 수 없다.

에고는 자신이 잘하면 좋아하고, 못하면 속상해한다. 하지만 사랑은 에고가 무너질 때 깊어진다. 그러니까 세 번째 대화를 통해서야 비로소 우리는 생각문장을 버리고, 더 나은 생각문장을 찾을 수 있다. 세 번째 대화를 통해서야 사랑의 대화를 시작하는 운명인지 모른다.

사랑하는 사람과의 대화조차 사랑스럽게 잇지 못하는 인간. 어쩌다 나는 이렇게 불완전한 인간으로 태어나 사는 걸까.

내가 서툴고 못난 만큼 내 경쟁자나 내가 싫어하는 사람에게 상처를 주는 게 아니라, 내가 서툴고 못난 만큼 내 곁에 가까이 있는 사람들, 내가 사랑하는 사람에게 상처를 주면서 살아왔다는 사실이 참담하고 속상하고 허허롭다.

그리고 이제 설렌다. 이제부터라도 대화를 잘해봐야지. 자유로운 연상으로 거침없는 박장대소의 수다를 떨거나, 꼭 말로 표현하지 않더라도 사랑 가득 담긴 눈으로 말하며 염화시중拈花示衆의 미소를 지어야지.

하루아침에 대화를 잘할 자신은 여전히 없지만, 너

의 한 문장을 귀담아듣고 더 나은 한 문장쯤은 말할 수 있지 않을까.

네가 말하면 어쨌든 새겨들어야지. 적극적으로 듣고, 묻고, 살피고, 일치되고 공감된 상태에서만 입을 떼야지. 중요한 화제가 나오면 그에 맞는 두께의 단락을 만들어야지. 나를 죽이고 너를 살려야지. 그렇게 함으로써 더 나은 생각문장을 만들어야지!

그제도 어제도 부족했는데, 오늘은, 오늘은 제발 성공할 수 있을까.

오늘 한 번만이라도 나의 생각문장과 너의 생각문장이 만나 더 나은 생각문장을 창작할 수 있다면 얼마나 좋을까.

끝마치며

제가 대화법 책을 쓰게 될 줄 전혀 몰랐습니다. 평소 대화를 엉터리로 해왔다는 사실조차 잘 몰랐으니까요. 사랑하는 사람과 바보 같은 상처를 많이 주고받은 경험 끝에야, 나는 나의 대화법에 문제가 많다는 걸 인정하지 않을 수 없었습니다.

대화를 엉터리로 해온 까닭에, 그만큼 많은 상처를 주고 상처를 받았지만, 그러나 그 이유로 이렇게 대화에 대해 꼼꼼히 생각해 보고, 그 결과 이렇게 대화법 책을 쓰게 된, 이 우스꽝스러운 운명을 저는 사랑합니다.

대체 대화란 얼마나 놀라운 사랑의 사건인지, 다른 어느 때보다 선명하게 느끼고 있습니다.

이 책에서 다루려 한 내용을 하나의 질문으로 요약하면 '사랑하는 사람과 갈등이 생겼을 때 어떻게 대화해야 할까?'입니다. 그러나 제가 탐색한 대화법들은 사랑하는 이와 갈등이 생겼을 때만 유효한 건 아닙니다. 더 나은 생각문장을 찾는 건 누구에게나 좋은 일이니까요.

흔히 말한다고 뭐가 달라지냐지만, 표현 자체가 모든 걸 변화시킵니다. 더 나은 생각을 찾는 자체가 이미 놀라운 사건이니까요. 듣기만 하면 어떡하냐지만, 듣기가 사랑입니다. 듣기란 두 마음이 하나의 생각문장으로 겹쳐지는, 명백한 사랑의 사건입니다.

사랑을 위해 대화하는 게 아니라, 대화를 잘 나눈 만큼 사랑한 것이지요. 대화 때마다 사랑을 누리면 얼마나 좋을까요.

그나저나 대화법 책을 출간하게 되어 걱정입니다. 제가 대화를 잘 못하면, 저 사람은 책까지 출간했으면서 무슨 대화를 저렇게 하냐! 하고 비난할 테고, 또 비난받아야 마땅한 일이 된 것이니까요. 이제부터는 누구와 대화를 하든, 한결 조심해야지요. 대화법 출간 저자라면 겪어야 할 운명, 이 또한 저는 사랑하겠습니다.

만약 당신이 이 책을 다 읽었다면, 이제 당신도 저와 같은 운명에 처한 것입니다. 당신이 대화를 못하면, 대화법 책까지 읽은 인간이 무슨 대화를 이렇게밖에 못 하냐! 하는 비난을 들어야 할 테니까요. 아마 이 비난은 용서를 모를 겁니다. 누군가로부터 듣기 전에 내 안에서 들려올 테니까요.

저는 당신도 저와 함께 이 운명을 사랑하길 바랍니다. 언제나 더 나은 생각문장이 존재한다는, 밤하늘 빼곡한 별빛들만큼이나 놀라운 사실과 당신도 정면으로 마주하길 바랍니다.

혹여 이 사실이 너무 막막하여 곤혹스럽다면 약간의 좋은 묘안이 있긴 있습니다. 이 책을 구입해 사랑하는 사람에게 선물하세요.

고맙습니다.

2022년, 가을

이 만 교